Tag X

Bellevue

Tag X

Ein gut gemachter Fake

Von Emily Williams

Die Deutsche Bibliothek verzeichnet diese Publikation
in der Deutschen Nationalbibliografie.
Detaillierte bibliografische Daten sind im Internet ab-
rufbar unter http://dnb.d-nb.de

Die Schreibweisen in den Zitaten einiger Dialoge
wurden wegen ihrer Authentizität bewusst so
geschrieben.

www.marta-press.de

1. Auflage April 2019
© 2019 Marta Press UG (haftungsbeschränkt)
www.marta-press.de
Alle Rechte vorbehalten.
Kein Teil des Werkes darf in irgendeiner Form (durch
Fotografie, Mikrofilm oder andere Verfahren) ohne
schriftliche Genehmigung des Verlages reproduziert o-
der unter Verwendung elektronischer Systeme verar-
beitet, vervielfältigt oder verbreitet werden.
© Umschlaggestaltung: Niels Menke, Hamburg unter
Verwendung eines Fotos von © Rita Chou (Unsplash)
Printed in Germany.
ISBN 978-3-944442-42-6

Für meine Töchter

Kapitel 1

Sommer 2016

Da sitze ich nun, in einer rauchfreien Dartkneipe in der Hauptstadt Berlin. Samstagnacht. In meinen Händen halte ich seine, die sehr zart und schön sind. In der Innenfläche der rechten Hand fühle ich eine klitzekleine Schwiele: »Vom Onanieren?«, frage ich. Wir lachen. Nur die rechte Hand halte ich fest, mit der linken Hand hebt und senkt er glasweise Bier. Er hat zartes, dunkles Fell an seinen Unterarmen. In etwa so dicht, wie an meinen Beinen. Er ist also dieser Typ Mann, der sich die Genitalien rasiert und auf »Badass-Women« steht.

Ich bin seine Traumfrau, das weiß er nur noch nicht. Sein Puls ist fühlbar. Alles entspannt. Feinheiten. Bisher konnte ich keine abstoßenden Auffälligkeiten entdecken: Seine Stimme klingt sanft und warm, sein Gesicht ist stoppelig bewachsen. Indem er den Kopf schief legt und ein wenig die Augen zukneift, will er wohl verwegen wirken. Dazu trägt er ein schwarzes Baseballcap und eine Brille. Er hat einen Geruch, ein bisschen holzig-kühl, nach Toner und Papier und kaltem Rauch. Sehr sanft, sehr subtil. Das ist nicht übel. Sein Geruch stößt mich also nicht ab.

Ernüchternd finde ich hingegen, dass er sich jetzt und hier, neben mir, betrinkt. Mit Bier. Dreist ist, dass er kein Geld dabei hat und trotzdem rauchen will. Und trinken. Beides zahle ich. Klar. Ich bin emanzipiert und ich möchte, dass er die nächsten Stunden bei mir bleibt und sich entspannt. Weniger subtil als der sanfte Geruch sind die Hinweise auf seine Couch. Es ist eine Schlafcouch und wir könnten darauf Sex haben. Miteinander. Da will ich aber heute nicht hin. Ich will wissen, was das zwischen uns ist. Ich will, dass er weiß, dass ich existiere. Dass er mich erkennt, wie ich bin. Ich will Wirklichkeit spüren und nicht nur das, was in mir passiert. Ich brauche neue Erinnerungen. Erinnerungen an etwas, das tatsächlich passiert ist. Darum halte ich seine Hand, darum höre, rieche und denke ich so genau hin. An diesem Abend glaubte ich noch zu wissen, was wirklich ist.

Die letzten sechs Wochen waren für mich wie eine Achterbahnfahrt. Ein ewiges Auf und Ab. Miterlebtes Drama und frei erfundenes Glück. »Liebe ist nicht, was man voller Sehnsucht wünscht, sondern das, was man tut«, heißt es in einem Song von Kettcar. Als ich diese Textstelle zum ersten Mal hörte, habe ich geweint. In den Wechseljahren werden Frauen schrullig.

Ich tue jetzt also etwas, darum bin ich hier. Hier bei ihm. Und fühle mich wohl. Irgendwie. Ich mag den Klang seiner Stimme, aber ich mag nicht, was er sagt. Er beschreibt sich als Jäger und mich als Beute. In den letzten Wochen allerdings kreisten meine Emotionen fast nur um ihn. Wir sind beide Mitte 40 und weder schön, noch reich, noch sonderlich sexy. Aber wir sind beide hier.

Im Chat hat er mich wahnsinnig gemacht. Sein Begehren war intensiv. Wir haben uns unsere Zukunft in schillernden Farben ausgemalt, hatten Ideen und klopften große Sprüche. Er hat mir sein Leben vor die Füße geschmissen und gehofft, dass ich nicht drauf rumtrampele. Diese Intensität habe ich geliebt. So wie er liebt, wollte ich geliebt werden. Aber er meinte nicht mich.

Er interessiert sich nicht für mich, das hat er immer gesagt. Er ist in jemand anderen verliebt. Er würde mich trotzdem ficken. Sex nennt er »Action« oder »boomshakakalaka«. Ich finde es albern, aber lache nicht. Eine Beziehung mit ihm soll ich mir aus dem Kopf schlagen. Er ist und war da immer ehrlich. Würde er mehr über mich wissen, wüsste er, wie absurd diese Vorstellung ist, dass wir beide eine Liebesbeziehung führen. Auch noch miteinander. Das ist ausgeschlossen. Ich kann ihn so nicht in mein Leben lassen. Er ist ein anstrengendes Spektakel, mein Alltag hingegen ist aufgeräumt. Kennenlernen wollte ich ihn trotzdem.

Ich bin fasziniert, denn das hier ist das lang vermisste Abenteuer. Was war mein Leben bis dahin öde: Die Kinder sind jetzt flügge, meine Basis gechillt, ich habe alles im Sack. Wenn ich so weitermache, kann ich glücklich sterben und die Anstrengung bis dahin hält sich in Grenzen. Aber alles, was ich getan habe, worauf ich stolz bin, setzt niemand zusammen. Ich kann nur Fragmente zeigen, Bruchstücke meines Selbst. Ich wirke anders, als ich bin. Auch er sagt das, denn ich bin nicht die Frau, die er erwartet hat. Ich passe nicht in sein Bild von mir. Ständig passiert mir das, anscheinend bin ich einfach nicht diejenige, die man erwartet, wenn man etwas über mich weiß.

Dass irgendjemand alles über mich wissen möchte, weiß, und auch mag, diese Idee habe ich mir aus dem Kopf geschlagen. Meine Kinder wissen am meisten über mich, jedoch bei Weitem nicht alles. Und da fängt die Lust am Abenteuer auch an: Wenn die Mutter aus dem Drehbuch rausgeschrieben wird und nur noch in einer Nebenrolle als Oma auftaucht, wo bleibt dann die Frau? Wo bleibe ich? Was fange ich mit meiner freien Zeit an? Ich will was erleben, mich auf etwas einlassen. Meine Grenzen erkennen und wieder was Intensives fühlen. Etwas, das nur mir gehört, finden.

Deswegen sitze ich also hier, mit einem Mann, den ich kaum kenne, der seinerseits Sachen sagt, die ich nicht verstehe und meinerseits auf Verständnis hoffe für das, was ich so mache. Wobei er sich dafür einen Scheiß interessiert. Er will nicht wissen, was ich zu sagen habe, aber selbst redet er viel und lange über Erfolge und Kompetenzen. Was ich so mache und mir wichtig ist, müsste er eigentlich verstehen. Vieles davon passiert im Internet und er ist seit Jahren Betreiber einer bekannten Internetseite. Hier und heute hört er mir nicht einmal zu. Er hat andere, größere Sorgen.

Sein Blog ist seit acht Wochen offline, weil er gerade nichts gebacken kriegt. Gerne möchte ich ihm helfen, wieder klar zu kommen, meine Motive hierfür interessieren ihn nicht. Helfen fällt allerdings schwer, denn er weiß alles besser. Was er nicht weiß ist, dass ich ihm tatsächlich helfen kann. Für ihn bin ich eine Spielfigur, die ihm Botschaften überbringt, damit er im »Game« gut performt. Dieses Game kenne ich nicht und weiß nicht, wie es funktioniert. Mein Pech. Er wird dieses Spiel gewinnen, meint er. Ich bin mir da nicht so sicher, bekomme aber auch nichts erklärt. Den Sieg wünsche ich ihm trotzdem, warum denn auch nicht?

Das einzige Angebot an mich lautet, hier und heute: Sex. Sex mit ihm. Und mit seinem frisch rasierten Hodensack. Ich kann heute widerstehen. »Das ist definitiv deine letzte Chance«, sagt er etwas zu laut, weshalb mir der Kellner für einen Moment, über den Tresen hinweg, ernst ins Gesicht blickt. Vielleicht hat er Mitleid oder steht unter Schock. Ich zwinkere ihm diskret zu, um zu signalisieren: Hab's im Griff. An meine Begleitung gewendet, erwidere ich: »Ui. Vielen Dank. Dann können die nächsten Treffen ja nur besser werden. Lass uns mal über deine Situation reden. Wie geht es dir?«

»Gut. Das weißt du doch.«

Ich weiß, dass es ihm nicht gut geht und es schlimmer wird. Er versucht aber immer wieder einzufordern, was ihm gerade wichtig ist: Sex. Auf seiner Couch. Zur Not eben auch mit mir. Als ich noch und noch mal ablehne, findet er die Zeit mit mir verschwendet. Er hat extra aufgeräumt und sich rasiert. Überall, angeblich. Ich weiß, dass das gelogen ist. An den Armen schon mal nicht und im Gesicht vielleicht vorgestern. Und ich wette, auch die Beine sind noch behaart. Wir haben an diesem Abend keinen Sex. Diese, meine einzige und letzte Chance, habe ich vergeben, wie ich nun weiß. Es wird mir gelingen, damit klarzukommen.

Ich finde nicht, meine Zeit mit ihm verschwendet zu haben, umarme und küsse ihn also auf dem Weg zum Auto. Ich mag ihn – trotz allem. Und er soll mal was spüren. Wenn er so in seiner Bude hockt und an sich rumspielt, ist das doch frustrierend. Mit ihm kuschelt ja niemand, dabei ist mir das total wichtig. Ich projiziere meine Bedürfnisse in ihn. Das werde ich in den nächsten zwei Jahren noch oft machen, vielleicht ist das ein Fehler.

Er gibt mir nichts zurück, verspricht nichts, erwidert nichts, wirkt konfus. Bei einer Umarmung reiben unsere Bäuche aneinander, wobei ich nichts gegen seine Kälte ausrichten kann. Ich gebe nicht auf, diese harte Nuss zu knacken. Wir steigen ins Auto. Ich setze ihn zu Hause ab, er grinst breit und fragt zynisch: »Sehen wir uns wieder?«. Nach meinem »Ja. Hoffe ich«, wirft er die Autotür mit viel Schwung zu.

Er geht, ohne Blick zurück. Vielleicht hat er Angst vor zu viel Nähe? Ich fahre zurück, nach Hause. Heute werde ich pünktlich sein, wie ich es versprochen habe. Mein Blick ist fest nach vorn gerichtet und ich bin in jeder Hinsicht nüchtern. Seinen Geruch, den ich als einziges vorbehaltlos genießen konnte, nehme ich mit nach Hause. Als Erinnerung.

Am Tag nach unserem Treffen bekomme ich eine Nachricht per Messenger von ihm:

»Guten Morgen ;-) War cool Dich endlich mal kennenzulernen, Rest dann wenn ich kein dicken Kopp mehr hab ;-) ich mach heute nix mehr außer zocken und rumliegen... bis morgen!«

»Bis Morgen!«

Ich bin etwas erstaunt. War das wirklich der Mann, den ich gestern getroffen habe? Unser Treffen war eine einzige Zumutung. Ein schlimmeres erstes Date habe ich noch nie erlebt. Ich fühle mich, als hätte mich ein Panzer überfahren. Was stimmt denn nicht mit ihm? Warum ist der so?

Was mich außerdem seit gestern Abend beschäftigt: Er sagte, ich sei unecht, so etwas wie »ein gut gemachter Fake.«

Ausgerechnet ich.

Kapitel 2

Ich habe ihn kennengelernt, als ich mehr Öffentlichkeit für unsere Internetseite suchte. Sein Blog ist bekannt und preisgekrönt, seine Popularität jedoch schon Jahre her. Als Blogger hat er den Ruf, offen für Gastbeiträge zu sein. In der Szene gilt er als lässig und cool. Manche sagen, er sei ein Genie. Das mit dem Gastbeitrag hat dann auch geklappt. Mit ein bisschen Drama selbstverständlich, welches immer zu ihm gehört, ebenso wie die legendären twitter-Ausbrüche. Er ist eben ein Internet-Spektakel. Seine Patreons sind die zahlenden Gaffer.

Regelmäßig twittert er seinen gesamten Weltschmerz von der Seele. Einige Fans finden das spannend, andere ziehen sich deswegen zurück. Er selbst ist der Meinung, dass ihn jeder Ausbruch 500 Follower koste. Ich weiß nicht, ob das so stimmt und was das bedeutet, aber seine Seite ist jedenfalls populärer als meine. Zwei Wochen nach unserem Kennenlernen, war seine Seite zum ersten Mal für längere Zeit offline. Nach elf Jahren dauerhafter Präsenz. Alles fliegt ihm um die Ohren. Erst später erzählte er, dass ich ihn auf Kippen und Bier einladen musste, weil da schon sein Konto gesperrt war. Geldnot war also unter anderen der Grund, sich mit mir zu treffen. Er kam mit, obwohl ich nicht die Frau bin, die er erwartet hatte. In den nächsten Monaten werde ich Stück für Stück mehr aus seinem Leben erfahren.

Gesten sind es, die über meine Zuneigung entscheiden. Zuerst habe ich mir Videos seiner Vorträge angesehen. Ich mochte, wie er in Denkpausen seinen Bauch reibt und sich immer wieder selbst in Frage stellt. Bei seinen Monologen habe ich innerlich viel widersprochen. Er machte außerdem Podcasts, auch diese Art der Selbstpräsentation ist mir fremd. Das ist irgendwie so 'n Internetdings. Nicht meins. Das Internet ist für mich ein Arbeitsmittel, kein Lebensraum. Mich nerven Ereignisgeilheit und Mitteilungszwang. Es ist mir ein Rätsel, warum ich mit wem, über was, via Internet diskutieren soll und nebenbei ein Mikro laufen lassen muss, um später den Mitschnitt ins Internet zu stellen. Intimität ist mir wichtig, Gespräche gehören dazu. Aus privaten Gedanken folgen

Ideen, die dann umgesetzt werden können. Schreibt jemand im Internet Mist, dann diskutiere ich da nicht, sondern gucke, was daraus folgt. Kann ich es anders machen oder vielleicht sogar besser? Im Herausfinden und Einschätzen bin ich gut. Jetzt mache ich das auch mit ihm. Ich weiß, dass er Drogen nimmt, viel trinkt, Schulden hat und mental schnell überfordert ist. Das lässt sich alles in Texten nachlesen – verklausuliert. Er findet sich als Mann »gruselig« und denkt, das wären alle Männer. Oder zumindest müssten Frauen so denken. Wenn er in seinen Podcasts mit Frauen redet, zieht er sie argumentativ über den Tisch. Er wird das auch bei mir versuchen, aber meine Themen interessierten ihn bisher nicht. Trotzdem könnte ich ein Podcast-Thema kaufen. Wenn ihm das Thema gefällt, kann ich es mit ihm besprechen, es wird aufgezeichnet und veröffentlicht. Wenn er das möchte. Das kostet einhundert Euro im Monat, zahlbar über drei Monate, buchbar über patreon. Bei allem gilt jedoch: Er ist der Macher, der Rest ist sein Publikum.

Ich dagegen zweifele an allem: An mir, an meiner Arbeit, an dem, was ich so mache. Auch daran, dass es jemanden interessiert, wie ich so die Welt sehe oder was ich zu tagesaktuellen Ereignissen zu sagen habe. Wenn ich könnte, würde ich wie er Preise, Verehrung, Geld und viele Likes ergattern, aber mir gefallen die gegenwärtigen Bedingungen dafür nicht. Er ist das beste Beispiel für das, was ich nicht sein will. Ich lebe und denke gerne auf eine diskrete Art und Weise, während er ständig über alles reden will. Auch in einem Podcast thematisiert er die Mobilisierung von Menschenmassen – in Metaphern. Ob jemand einen Stein von einer Brücke wirft und damit den Flusslauf verändern könne und so was. Ich nenne das Volksphilosophie. So funktioniere ich nicht. Stattdessen würde ich überlegen, wie viele Menschen, Schaufeln und sonstiges Werkzeug wir bräuchten, um den Flusslauf zu begradigen. Oder einen Damm zu bauen, oder eine Flutungsfläche zu schaffen. Um das zu entscheiden, würde ich jemanden fragen, der oder die Ahnung hat. Ich kenne meine Möglichkeiten und deren Grenzen. Aber Metaphern mag ich nicht. Er fragt nicht um Rat. Niemanden. Er weiß alles selbst. Nur die klügsten Menschen der Welt plaudern im Internet über ihr riesiges Ich. Meine Rolle ist die einer staunenden Konsumentin. Auch in seinem Spiel bin ich eine Statistin.

Jeder Blockadeaufruf zu einem Naziaufmarsch entfaltet eine größere Wirkung als das metaphorische Steinchen-Flitschen von Brücken. Wenn die Kampagne gut ist und der Anlass wichtig, reisen Tausende Menschen durch die Landschaft, auf eigene Kosten und eigenes Risiko, um an einer Demonstration teilzunehmen. Aus ganz unterschiedlichen Motiven. Zumindest war das mal so. Und in so einem Podcast unterhalten sich gerade einmal zwei Menschen über Sinn und Unsinn von Mobilisierung. Wo leben die? Internet ist krass, die Realität ist krasser. Die Sprechenden überlegen in mehreren Stunden und etlichen Kilobytes, wie eine erfolgreiche Mobilisierung aussehen müsste. Das verstehe ich nicht. Dafür gibt es doch das Internet, um genau solche Sachen auszuprobieren. Kann man dann genau so machen oder anders. Das Internet ist voller Ereignisse, Beispiele und Ideen. Das liegt alles für alle offen rum.

Das Ergebnis des Podcasts bestand in zwei verhinderten Führungspersönlichkeiten, die gerne Menschenmassen bewegen wollen, aber sich dafür nicht auf diese Menge einlassen möchten. Beide sahen sich als Stichwortgeber hochwichtiger Impulse für die staunende Restgesellschaft und hatten dabei schon jeden Bezug zu ihr verloren. Sie übte sich in Politikverdrossenheit, er konterte mit Ahnungslosigkeit. Das alles klang für meine Ohren übermäßig stumpf. Was manche im Internet so machen, werde ich vielleicht nie begreifen.

Im Internet rufen auch mehr als 300.000 Menschen ein Video auf, in dessen Vorschaubild ein Typ im grauen Bademantel in einer Krambude hockt und bereits im Titel des Videos sinnfreies Gestammel ankündigt. Im nächsten Video isst der gleiche Typ Fastfood in einer windigen Seitengasse irgendwo in Dänemark und kommentiert Geschmack wie auch Konsistenz des Burgers. Das Fleisch sei saftig, das Brot weich. Fein. Ein Katzenbild wird zum Onlinehit und eben dieses süße Tier liegt schon tot im Straßengraben. Es wird im Vorschaubild zum Langweiler-Video etwas »Unglaubliches« versprochen. Ein Anreiz zum Klicken. Dann fällt die Katze vom Tisch. Hm. Internet.

Im Internet können alle alles sein. Deshalb folgen 13.000 Accounts einem twitter-Account, dessen Inhaber schon wieder vor der Stromabschaltung steht, keine Krankenversicherung hat, völlig überschuldet ist und eine Frau liebt, die ihn für wahnsinnig hält. Manche halten ihn für ein Genie. Vielleicht ist er es. Oder nicht.

20

Kapitel 3

Wenn ich im Auto sitze, kann ich gut nachdenken. Aus den Lautsprechern schallt, wie so oft, Kettcar. Das ist sehr schön, sehr gefühlvoll. Ich denke über das Internet nach und was es mit uns macht. Und ich denke über ihn und mich nach. Mir ist kalt. Ich drehe die Heizung hoch und das Radio lauter. Seine Wahrnehmung der Welt ist sehr speziell. Manche behaupten, er sei psychotisch. Sowas zu behaupten, finde ich gemein, ob es stimmt oder nicht. Was dran ist, an dieser Vermutung, kann und will ich nicht festlegen. Wenn notwendig, dann müssen das Ärzte machen.

Er hat mich gefragt, ob ich von Kameras in seiner Wohnung wüsste. Ob ich Keylogger installiert hätte und ob ich weiß, wer seinen Server hacken wolle. Egal was ich darauf antworte, es ist falsch. Sage ich Nein zu den Kameras, wird er mich fragen, was denn dann? Sage ich Ja, lüge ich und füttere seine Paranoia. Ich kann hier nur verlieren. Der Umstand, dass ich mich für ihn interessiere, macht mich zur Spielfigur in einem Game, in seinem Game.

Er erwartet von mir Anweisungen, die ihn das nächste Level erreichen lassen. Die Tatsache, dass ich keinen blassen Dunst habe, worum es geht, scheint nebensächlich zu sein. Am Ende des Spiels warte der Hauptgewinn auf ihn: Seine große Liebe. Das bin nicht ich, das wissen wir beide. Alles zuvor und nebenbei ist für ihn unwichtig. Er zerstört alles, seine Seite, seinen Ruf, seine Einnahmen und seine Gesundheit.

Genau weiß ich nicht, was ihm passiert ist, vieles passt nicht zueinander. Fest steht, dass seine Lebensgeschichte qualvoll ist und er deswegen leidet. Aber er ist auch nicht ehrlich zu sich. Hilfe lehnt er mit der Begründung ab, es ginge ihm gut. Nur wenige Stunden später schmiert er sturzbesoffen seine Timeline mit kryptischen Suizidankündigungen und Todesdrohungen voll und fleht seine Liebe an, ihn zu erhören. Seine Fans ergötzen sich am Voyeurismus. Andere sind einfach nur entsetzt, darunter auch ich.

Kapitel 4

Herbst 2016

Dieses Internet ist eine Scheißidee. Hass, Plattheiten, Misstrauen, Halbwahrheiten, alles verteilt sich durch das Internet wie Spritzputz. Diskutiert wird der schlimmste Rotz aus Positionen, die kaum über die Teppichkante gucken. Böse Menschen, rhetorisch schwer bewaffnet, marodieren durch das entstellte Spiegelbild einer zerrütteten Gesellschaft. Ein-Mann-Kasernen treten gegeneinander an. Weil sie es können. Weil sie es wollen. Dazwischen hocken Empörungsvulkane samt Gefolgschaft, die beim kleinsten Anlass explodieren und sich in Hashtagwellen ergießen, nach denen alles anders und sowieso besser werden soll.

Jeder Trend wird gelobt, weil nun endlich DARÜBER geredet wird. Die ungestillte Hoffnung darauf, dass sich jetzt ETWAS ändern wird. Tut es aber nicht. Tut es nie. Wie sollte es auch. Alles bleibt wie es ist, oder wird höchstens schlimmer als es sowieso schon ist.

Jede Hashtagflut hinterlässt schwarzen Eiter in den Fettfalten der bräsig rumsitzenden dauerchattenden Zivilgesellschaft. Jeder neue Online-Trend lenkt dich vom Leben ab. Der neueste Hype sitzt schon in den Startlöchern: Wir müssen mehr miteinander reden. Auch mit Nazis. Um politisch korrekt zu sein, wird zwischen Pest und Cholera gewählt und das ›Große Ganze‹ diskutiert. Als ob das jemand überblicken könnte. Nur das Reden hilft, heißt es alle paar Jahre wieder. Angeblich. Möglichst sachlich. Ebenfalls immer wieder Dauerbrenner: Der Niedergang der Linken. Der Aufstieg der Rechten – dazu haben alle eine Meinung und blasen sie ins Internet. Dann wird diskutiert und gestritten und am Ende ignoriert und blockiert.

Dazwischen sitzen welche, die strampeln sich ab: Bauen Netzwerke auf, konstruieren und beackern Öffentlichkeit, arbeiten gemeinsam an Projekten, ziehen Seiten, Strukturen und Initiativen groß, verbreiten fast trotzig positive Inhalte, mobilisieren Massen, stoßen Diskussionen an, schaffen Strukturen zum Informations- und Wissens-Austausch, nutzen das Internet als Werbe- und Projektionsfläche für alles, was über das Bestehende hinausweist. Sie sehen im Internet das Potenzial eines Arbeitsmittels zu Zwecken der Vernetzung und des Informationsaustauschs. Zum einen sind Menschen im Internet ein Spiegel der Gesellschaft, zum anderen dennoch nur ein

Zerrbild. Die Rahmenbedingungen online sind andere. Unser Gegenüber kann uns nicht sofort und nicht unmittelbar schaden. Dies räumt den Nutzern zwar Freiheiten ein, trotzdem sind sie auch im Internet an die Wirklichkeit gebunden und müssen diese reflektieren.

Das Zusammenleben kann online neu und anders gestaltet werden und wirkt auf die Gesellschaft zurück. So wie ich ein Bild erzeuge, wenn ich »die Administratorin« oder »der Administrator« schreibe. So wie ich über die Verfasstheit einer Gruppe die Gesprächskultur gestalte, indem ich Befugnisse anders als üblich verteile. Eine Gruppe, in der alle gleiche Rechte haben, also alle Administrationsbefugnisse haben, diskutiert anders miteinander als eine Gruppe mit wenigen Privilegierten. Im und mit dem Internet funktioniert Basisdemokratie. Im Internet können wir auch Gehorsam ausheben. Ich kann Attraktion sein oder pure Langeweile. Sogar beides gleichzeitig, dafür brauche ich nur zwei Accounts. Das Internet erweitert das Denken mehr als Drogen das könnten. Vermute ich. Nur kenne ich mich mit Drogen nicht aus.

Es macht einen Unterschied, ob ein Mann oder eine Frau über »das Internet« schreibt oder spricht – außer im Internet. Dort können wir diejenigen sein, die wir sein wollen. Das finde ich unheimlich spannend. Besonderheiten, für die ich als Frau angegriffen werden würde, werden anders beurteilt, wenn man mich für einen Mann hält. Ich bin der gleiche Mensch. Durch das anonyme Umfeld verändert sich die Wirkung.

Im Internet darf die eigene Positionierung innerhalb der Gesellschaft folgenlos in Frage gestellt, ausgereizt und durchgespielt werden. Es kann Alltägliches neu gedacht und anders strukturiert werden. Im Internet können wir alle alles sein oder nix davon – sogar gleichberechtigt. Im Internet können wir ›root‹ gehen, auch wenn wir draußen keinen Bezug zur Realität mehr haben. Die Administration unserer eigenen kleinen virtuellen Welt stellt eine anspruchsvolle Aufgabe dar und bedeutet ein kleines bisschen Eigenmächtigkeit. Im Internet können wir einander gleichberechtigen, von unserer Macht etwas abgeben oder auf Exklusivität bestehen, aber eben auch Macht missbrauchen. Und das ist das Besondere: Im Internet können wir die Regierung unserer eigenen kleinen Welt sein.

Jeder Gedanke kann ausgesprochen werden und von jemandem gehört werden, auch wenn wir doch nur vereinsamt vor einem Rechner sitzen.

Was wir im Internet sind, ist ein Teil unserer Persönlichkeit.

Für diese Freiheiten müssen wir im Internet manchmal auch kämpfen. Wir können auf unseren virtuellen Inseln Angriffe abwehren, zur Ein-Frau/Mann-Armee mutieren, und auch Leute einladen, mit uns und bei uns kooperativ zu arbeiten und zu wohnen.

Wir können die virtuellen Grenzen dicht machen und auch im Internet allein bleiben. Davon bekommt niemand etwas mit. Wir können aber auch etwas produzieren, das andere gerne konsumieren. Kunst, Ideen, Diskurse. Wir können uns eine Krone als jpg basteln und uns zum Herrscher über unser kleines Reich ernennen.

Wir können auch Briefe in Flaschen verschicken, mit kleinen Herzchen drin oder politischen Manifesten. Wir sind im Netz eigenverantwortlich, selbstbestimmt und organisieren unser virtuelles Dasein in den Grenzen der digitalen Welt, soweit es eben geht, autonom.

Zumindest in der Theorie. Praktisch kann auch das Gegenteil passieren, das heißt aus einer Armee von Überforderten eine Meute, die keine

Moral kennt und vielleicht nie kannte. Das Internet wird zur Rutschbahn für einen Haufen Scheiße: FakeNews, Trollarmee, Doxxing, Stalking, Sexismus, Rassismus, überhaupt jede Form der Menschenverachtung. Das Internet eignet sich als Manövergebiet für eine Vernichtungsmaschinerie. Hass und Gewalt gibt es dann offline, aber im Internet organisieren sich Gleichgesinnte schneller und niedrigschwelliger. Sie treffen sich auf Plattformen, schwärmen aus, suchen Opfer und Konflikte, um ihr brennendes Öl in offene Feuer zu gießen, und vernichten alles, was ihnen in die Quere kommt: Ideen, Diskussionen, Talente, Potenzial, Präsenz, Familien, Karrieren, Reputation und sogar Menschen. Sie bilden sich zumindest ein, über abgesprochene Aktionen das Internet und Meinungen mitzugestalten. Womit sie nicht einmal falsch liegen. Was das am Ende bedeutet, ist nur selten nachvollziehbar.

Manche sind mit so viel virtueller Selbstbestimmung überfordert. Die kommen nicht klar und drehen durch. Im Internet und draußen. Auch Rechte schaffen virtuelle Strukturen, um dort Massen an Accounts zu sammeln, hinter denen sie Menschen vermuten und hinter denen manchmal auch echte Menschen stecken. In geschützten Filterblasen werden Menschen mit Agitprop zugeballert. In welchem Ausmaß solche Aktionen stattfinden, habe ich selbst beobachten können. Statt Wissen zu sammeln und weiterzugeben, werden Informationen sortiert, selektiert und Widerspruch sanktioniert. Durch Abschottung kann sehr einfach in dieser Gruppe Deutungshoheit gesichert werden. Unsere Gesellschaft löst sich in miteinander rivalisierende Gruppen auf. Im Internet werden aus Ahnungen Meinungen gebildet und durch Zustimmung im Rahmen der gleichen Gesinnung verstärkt. Wenn in der eigenen Echokammer die Bandbreite an Informationen immer enger begrenzt wird, findet Radikalisierung statt. Nicht bei allen, nicht immer, aber immer wieder. Die Bestätigungen, mit dem Gedachten im Recht zu sein, Zustimmung zu finden, verschiebt auch die eigenen Grenzen des Denk- wie auch des Sagbaren. Was Zustimmung unter Gleichgesinnten findet, wird weiter gedacht. Um diese Zustimmung zu erzeugen, müssen die Gleichgesinnten zusammenfinden. Am leichtesten funktioniert das im Internet. Wichtig ist die Sichtbarkeit. Das Populäre muss nicht klug sein, nur einigermaßen bekannt und anerkannt. Ideen müssen sich verbreiten, um Gleichgesinnte einzusammeln. Was niemanden interessiert wird bedeutungslos. Zustimmung sagt nichts über die tatsächliche Bedeutung der Idee aus. Auch Radikalisierung wird mit Aufmerksamkeit honoriert. Die polizeilich erfassten Verfahren wegen Volksverhetzung haben sich in den letzten Jahren vervielfacht. Die Grenzen des Sagbaren zu verschieben, ist ein erklärtes Ziel einer Bewegung, die sich gegen die Chiffre der ›politischen Korrektheit‹ (PC) wehrt. Unter dem Begriff der politischen Korrektheit wird die Kritik an der eigenen Haltung subsumiert und abgewehrt. Mit dem Kampfbegriff der Zensur wird der Widerspruch gegen die geplante Grenzverletzung delegitimiert.

Viel Aufmerksamkeit bedeutet Macht, manchmal sogar bares Geld. Auch Popularität wird im Internet erzeugt und setzt sich – bestenfalls – in anderen Medien durch. Wer die Masse bedient, wird mit Geld belohnt. Eine gute und populäre Internetseite verschafft sogar Menschen und deren Ideen ein Publikum, die sonst nicht gehört werden würden. Das ist eine Chance, manchmal eine Zumutung. Es ist dabei nicht wichtig, ob etwas gut, notwendig oder wahr ist, sondern wie viele Klicks damit generiert werden können.

Die Idee der freien Wissensproduktion wird an vielen Stellen gelebt. Wissenschaft ist in die Abhängigkeit von kommerziellen Verlagen geraten. Der Wissensproduktion hat das Internet erlaubt, sich zu befreien und eigene Graswurzel-Infrastrukturen aufzubauen. Das Internet ist ein virtueller Raum der Möglichkeiten. Freifunk baut freie Kommunikations-Netze. Netzwerke entwickeln egalitäre Gegenentwürfe zum Plattform-Kapitalismus. Das Internet ist das Labor für Selbstorganisation und Übungsraum für gleichberechtigte Diskussionen. Aus einer Idee im Internet wird ein Bild, aus dem Bild ein Shirt und aus dem Shirt bares Geld, das jemand verdienen kann und andere bezahlen. Informationen sind Ware, bezahlt wird mit Geld. Aus dem Nichts wird etwas Bezahlbares geschaffen.

Das ist Plattform-Kapitalismus.

Die Öffentlichkeit ist durch die Demokratisierung, die das Web 2.0 ermöglichte, unübersichtlicher geworden: Alle können schreiben, lesen und bewerten, ohne Mediation durch Verlage und Redaktionen.

Die vernetzten Vielen sind zur »fünften Gewalt« geworden. Vernetzen, was zusammen gehört

– so könnte die Antwort auf den Zerfall der Öffentlichkeit lauten. Vernetzung ergibt mehr als die Summe der Teile. Gleichzeitig ermöglicht Vernetzung eine Debattenkultur, die in Zeiten von Postfaktizität und Hate Speech für Orientierung sorgen kann. Schließlich wäre ein Raum für Meinungsbildung, frei von Staat und Markt, ein Gewinn für jede Gesellschaft. Ein Safe-Space, in dem Gedanken frei rotieren. Eine wunderschöne, überzeugende Idee. Nur leider sind die Ideen, die in solchen Räumen entstehen und wachsen, nicht immer toll. Das Internet ist eben auch ein Safe-Space für Rechte. Die Vernetzung der Rechten funktioniert viel einfacher als die der Linken. Während Linke bestimmte Formen der Partizipation erwarten, halten Rechte sich mit Anforderungen nicht auf. Jeder Gartenzaun ist in der Rechten willkommen. In linken Zusammenhängen werden Voraussetzungen abgefragt, Mitarbeit und Präsenz eingefordert. Du kannst nicht einfach linke Ideen konsumieren, du sollst auch etwas zur Durchsetzung beitragen. Mitmachen. Es ist allerhöchste Zeit.

Die Erwartungen an Linke wachsen, je mehr und deutlicher Rechte sich zeigen.

Ein Teufelskreis.

Kapitel 5

31. Oktober 2016

Ich *kann* nicht nur was tun, ich *muss* auch was tun. Die Zeit ist reif. Es ist dringend. Wir dürfen den Rechten nicht die Öffentlichkeit überlassen – nicht im Internet, nirgendwo. Wir brauchen eine coole Idee, mit der es gelingt, Echokammern der Rechten zu finden, sie zu infiltrieren, sie auszuleuchten und plattzumachen. Wir müssen in ein Netzwerk rein und es von innen übernehmen. Wie wäre es mit einem guten Fake? Mit dem unterwandere ich rechte Facebook-Gruppen und dann übernehmen wir die. In meinem Kopf entsteht ein Feuerwerk der Euphorie.

Am nächsten Morgen rufe ich meine Freundin an: »Guten Morgen! Ich hatte gestern DIE Idee! Also wirklich DIE Idee! Nicht nur irgendeine! Ich habe dir doch von diesem Bot-Netzwerk in Facebook erzählt. Sieben Facebook-Accounts, die auf mich in ihrer Selbstdarstellung wie gefälscht wirken, administrieren gemeinsam 31 Facebook-Gruppen. Ich will die plattmachen!«

»Was? Wie willst'en das machen?«

»Na, ‚mit Rechten reden‘, wie man so schön sagt.«

»Warum das denn? Meinst'e die hören dir zu?«

»Nein, das glaube ich nicht. Ich habe denen nichts zu sagen und die mir auch nicht, aber ich muss mit denen reden, um sie zu linken.«

»Du spinnst doch! Das klappt niemals.«

»Das sind auch nur Menschen. Ich bin einfach nett. Und wenn eine Notlage da ist, lassen die sich von mir helfen.«

»Warum soll das klappen?«

»Die Admins sind alle Fakes, da kann ich alles versprechen. Sie sind so unecht wie ich. Ich weiß das, aber die wissen es nicht. Wenn alles gut geht, bin ich da in einem Jahr Admin und wir übernehmen den Kram.«

»Huh. Knackig. Und wenn die deinen Lebenslauf checken?«

»Der steht in meiner Timeline. Ich bereite das vor.«

»Und Bilder? Wenn die ein Bild von dir sehen wollen?«

»Dann klaue ich eins.«

»Hm. Geile Idee. Total bescheuert, aber geil! Es ist nicht unmöglich. Wenn es klappen würde, wäre das ziemlich gut. Im September 2017 ist Bundestagswahl. Das wäre schon genial!«

»Ich weiß. Darum ja. Ich werde sowieso viel Zeit brauchen, aber das ist auch der einzige, jedenfalls im Moment, einkalkulierte Verlust: Zeit.«

»Ja. Gut. Wie willst'e das anstellen?«

»Ich beobachte das Netzwerk regelmäßig, protokolliere alles. Gucke mir die Accounts mit Befugnissen an und welche davon gemeldet werden können. Ich muss ja nicht mit Bots plaudern oder Mitläufer-Accounts bereden. Dann knipsen wir nach und nach die Admins und Mods aus und hoffen das Beste. Wenn alles klappt, bin ich dann so gut etabliert, dass ich Adminrechte bekomme. Die rechnen doch mit allem, aber nicht damit. Zur richtigen Zeit die richtigen Maßnahmen forcieren. Dazu immer wieder freundlich sein und Hilfe anbieten. Das muss am Ende deren Idee gewesen sein, mir die Adminrechte zu geben. Die Admins sind alle Fakes, mit geklauten Bildern. Wenn Facebook auch Fakes nicht löscht, aber Persönlichkeitsrechtsverletzungen löschen die ruckzuck. Einschließlich der Accounts. Wir müssen also gucken, welche Bilder die da nutzen und dann strategisch günstig die Admin-Accounts ausknipsen. Die letzten Accounts müssen die Gruppengründer sein, die haben Gründungsprivilegien. Die Gruppengründer dürfen auch nicht nur vorübergehend gesperrt, sondern müssen endgültig gelöscht werden, um überhaupt die Gruppen übernehmen zu können. Am Tag X müssen wir dann den ganzen Kram nur neu sortieren.«

»Technisch geht das?«

»Technisch ist das umsetzbar. Die bisherigen Admins rausschmeißen, eigene Admins einsetzen und dann die einzelnen Gruppen, aus denen sich das Netzwerk zusammensetzt, umgestalten. Wir brauchen eine Aktion, die zündet! Die den ganzen Haufen Mist offenlegt! In Filterblasen zu diskutieren funktioniert nicht. Widerspruch ist unerwünscht, wird geblockt und die Accounts sowieso. Wir müssen das Ding übernehmen und plattmachen. Eine andere Chance haben wir da nicht.«

»Und wenn wir das übernommen haben? Archivieren? Was dann?«

»Dann müssen wir gucken, dass das auch öffentlich wird, also so 'ne richtige Aufmerksamkeitswelle verursacht und politisch nützlich ist. Wenn wir da einfach 'n Antifa-Symbol reinmachen, rasten die komplett aus und die Presse ebenso. Oder die interessiert es schlicht nicht. Hausdurchsuchung in 3, 2, 1...«

»Wir könnten auch die Gruppen wortlos stilllegen. Aber da geht mehr, denke ich.«

»Wenn ein Promi einsteigt und das ordentlich aufziehen würde, könnte die ganze Arbeit noch erfolgreicher sein. 40.000 Accounts sind jetzt insgesamt in diesen Gruppen und jede Woche werden es 3.000 mehr.«

»Sind das alles Bots?«

»Nein. Vielleicht die aktivsten Accounts. Muss ich mal gucken. Aber der Rest sind keine Bots. Das ist ungefähr die Bevölkerung einer deutschen Kleinstadt. Klar sind manche Accounts auch in mehreren Gruppen. Ja, aber wenn wir auch nur die Hälfte als Mehrfachgruppenmitglieder abziehen, bleiben noch schätzungsweise 20.000 Accounts von echten Menschen.«

Ich rede mich in Rage.

»Puh! Ok! Mach mal. Wenn du Hilfe brauchst, sagst'e Bescheid.«

»Hilfe werde ich spätestens am Tag X brauchen. Danke! Zwischendurch eben beim Melden. Vielleicht. Aber eher nicht. Das wird 'n Haufen Arbeit und außerdem lange dauern. Immerhin muss das gesamte Netzwerk protokolliert, ausgehoben und strategisch nützlich bearbeitet werden. Über Monate hinweg. Um so die Situation zu schaffen, in der ich dann … ähm … helfen kann. Wenn nur noch ein Account, ohne Gründungsprivilegien, die Gruppen administriert und die

kleinste Möglichkeit besteht, dass ich die Admin-
rechte kriege, ist der Drops gelutscht. Und ja, ich
weiß, wie irre sich das anhört. Aber bitte, was
willst'e machen? Ne kleine Trollarmee durchjagen,
die dann durch die Moderation mit drei Klicks gesperrt wird? So wie an fast jedem Wochenende?«

»Nein. Das bringt nichts. Deine Idee ist gut.
Ich glaube nur nicht, dass die so dumm sind.«

»Sind sie auch nicht: Hinter diesen Fakes
steckt mindestens ein Mensch, der äußerst plan-
voll ein virtuelles Agit-Prop-Netzwerk geschaffen
hat, das so sicher wächst wie der Bauch einer
Schwangeren. Aber die denken eben auch, dass
alle anderen und sowieso Linke echt dumm sind.«

»Du und deine absurden Vergleiche!«

»Da kannst'e lachen, aber das ist nicht lustig. Das ist todernst.«

»Ja, ich weiß. Ich war neulich in der *Deutschland diskutiert* - Gruppe. Da ging es darum, dass die
Polizei irgendwo eine Ausgangssperre für Frauen
via Lautsprecherwagen verkündet haben soll. Das
war frei erfunden. Aber die Empörung war echt!«

»Genau, sowas meine ich. Die schaffen da
ihre eigene Welt, leben darin, spinnen sich was zusammen, glauben den Mist. An sich irre, aber die

gehen dann eben auch wählen und zwar diejenigen, die ihnen Abhilfe bezüglich ihrer Angst versprechen. Das ist kreuzgefährlich.«

»Oder diese Sache mit den illegal geschlachteten Tieren aus dem Streichelzoo, den es seit Jahren nicht mehr gibt.«

»Ja, das war schon lustig.«

»Bedingt. Ein Nachweis wäre gut, dass in den Gruppen Radikalisierung stattfindet.«

»Das kann ich nicht nachweisen. Ich weiß nicht, wie der tägliche Konsum übler Propaganda auf Menschen wirkt. Aber wir machen da auch keine wissenschaftliche Studie, sondern knacken denen einfach ihren blaubraunen Safe-Space weg. Die Gruppemitglieder werden nicht nur mit Menschenverachtung und Fremdenfeindlichkeit zugeballert, sondern auch mit Dauerwahlwerbung für die Alternative für Deutschland. Bots liefern selektierten Inhalt, aber auch echte Accounts diskutieren mit und teilen Inhalte, die sie in den Gruppen finden. Und gesteuert wird das Ganze nur von *einer* Person! Zumindest vermute ich das.«

»Stimmt schon. Alles richtig.«

»Und wir haben noch mehr Vorteile: Wenn wir die Fakes geplant melden, wissen wir bereits vorher, wann ein Hilfsangebot angebracht ist. Wir steuern in jeder Phase der Beobachtung die Situation. Und ja, das kann alles schief gehen, es gibt keine Garantie, aber versuchen werde ich es. Verlieren kann ich nur Zeit und die vertrödele ich sowieso oft schambefreit im Internet.«

»Und wenn dich jemand persönlich treffen will?«

»Ist wie mit den Bildern. Ich kann denen alles versprechen! Sie werden es nicht einfordern, um sich nicht selbst zu verraten. Wir melden also nach und nach die Fakes weg, nutzen die Notlage zielgerichtet und ich biete mehr oder weniger subtil meine Hilfe an. Weil ich weiß, wann eine Notlage entsteht, kann ich das zeitlich gut. Accountmeldungen vor allem am Ende der Woche, dann kann ich das Wochenende für helfenden Aktionismus nutzen. Krieg immer am Freitag. Deal?«

»Deal! Bin zu allen Schandtaten bereit. Lass machen.«

»Und ja, ich weiß, das hört sich alles echt absurd an. Aber es kann funktionieren. Und bitte, wäre das nicht der Kracher, wenn ausgerechnet jene, die sich als Alternative zur etablierten Politik verkaufen, als Rudel aus Lügnern und Fakes auffliegen?! Wenn sich dazu noch deren leeres Sicherheitsversprechen in Luft auflöst? Ein Träumchen.«

»Ja, klar. Beruhige dich bitte! Bin da ganz bei dir. Und kommste mit deinem Gewissen klar? Das sind Nazis, die reden viel Mist. Das wird hart.«

»Wir reden alle viel Mist. Ich zwinge niemanden zu nichts, stehle nichts, verarsche nur die Verarscher. Ich spiele mit, so lange ich muss, um die Sache zu beenden. Und ich wasche mir regelmäßig die Hände. Wahrscheinlich kaufe ich antibakterielle Handlotion und stell' die neben den Rechner.«

Meine Freundin lacht schallend.

»Du kannst dir auch alles schön reden, was?«

»Ja, verdammt, das kann ich. Ich finde es selbst moralisch grenzwertig, aber es ist legitim, ein auf Lügen aufgebautes Netzwerk zu übernehmen und aufzudecken. Mit dem Finger drauf zeigen, ist zu wenig. In den Gruppen werden keine wissenschaftlichen Befunde diskutiert, keine hochpolitischen Debatten geführt. Da geht es neben irgendwelchen Handtaschendieben, mit mutmaßlich oder tatsächlich anderer Staatsbürgerschaft, um die Produktion von Angst vor allem Fremden. Was in diesen Gruppen passiert, ist der pure Müll. Und wenn eine Übernahme noch dazu führt, dass die Gruppen nicht mehr nutzbar sind, wäre das 'n Fest!«

»Ja, aber die werden ausrasten. Das weißt du?«

»Ja, das weiß ich und das löse ich auch noch. Klären wir, wenn es soweit ist.«

»Wie war eigentlich dein Date?«

»Scheiße! Der ist verrückt! Erzähle ich dir später mal.«

»Okay?«

»Okay. Alles gut. Er hat mich unecht genannt. So bin ich auf die Fake-Sache gekommen. Das war das Beste!«

Kapitel 6

01. November 2016

Mein Name ist Kerstin Schmidtbauer. Ich wurde am 18. August 1986 in Limbach-Oberfrohna geboren. Ich habe die Gesamtschule besucht und mit der 8. Klasse abgeschlossen. Nach der Schule habe ich Reinigungsfachkraft in einem mittelständischen Unternehmen gelernt. Putzen macht mir Spaß, das kann ich gut. Ich bin nicht dumm, ich habe eine Lese-Rechtschreib-Schwäche. Jetzt arbeite ich in einem städtischen Verkehrsbetrieb in einer Großstadt in den neuen Bundesländern. Ich putze die Busse, aber nur von innen. Die Arbeit ist nicht einfach, aber ich kann ranklotzen. Meine Mutter ist früh verstorben, mein Vater hat Magenkrebs. Oder zumindest dachten wir das einige Wochen. Ich bin kein Single, wohne aber allein. Meine ältere Schwester Marion ist das, was man gemeinhin ein taffes Frauenzimmer nennt. Sie hilft mir viel, auch im Alltag. Meine Kindheit war nicht gerade rosig, aber auch nicht schlimm. Als ich 18 Jahre alt war, wurde ich von Ausländern angegriffen und massiv bedrängt. Nur durch lautes Brüllen und verzweifelter Gegenwehr konnte ich das Schlimmste verhindern. Trotzdem hängt mir dieses Ereignis noch in den Knochen. Das hat mich traumatisiert und aufgerüttelt. Ich habe Angst. Angst vor ausländischen Männern. Dagegen möchte ich etwas tun. Politisch. Vielen Frauen geht es wie mir: Wir haben Angst davor, nachts durch die Straßen zu laufen. Ob in Limbach-Oberfrohna oder eben hier. Überall stehen die Horden von Flüchtlingen rum und begaffen Frauen. Oder Schlimmeres. Wir Frauen fühlen uns wie Freiwild. Was die Merkel gemacht hat, ist unverantwortlich. Wer lässt denn schon jeden in sein Wohnzimmer und dann noch Horden junger Männer aus einer frauenverachtenden Kultur? Jetzt ist die Zeit, um politisch aktiv zu werden.

Die beste und wahrscheinlich letzte Chance ist die AfD! Die tun was für uns kleinen Leute. Als Frau muss ich ständig aufpassen: Ich gehe nicht gern allein vor die Tür. Das muss sich ändern. Wir brauchen mehr Innere Sicherheit. In den sozialen Netzwerken verbinde ich mich mit Gleichgesinnten. Vernetzung funktioniert heute über das Internet. Im Internet ist die AfD stark. Wir müssen was machen, das ist unsere Zeit! Es ist höchste Zeit!

Marion sagt, ich soll mich in patriotischen Gruppen informieren. Über die AfD und über die nationale Bewegung. Bei Facebook geht das gut. Sie hat mir geholfen, einen Account anzulegen. Ich bin vorsichtig und nehme kein Bild in mein Profil. Überall sind Irre unterwegs. Nur die notwendigsten Informationen müssen da rein. So, dass mich alte Schulfreunde finden können und Arbeitskollegen. Kontakte knüpfe ich über Freundschaftsanfragen. Die kann ich verschicken, aber auch annehmen. Ich soll aber keine Fremden annehmen und mir genau überlegen, was ich mit diesem Profil machen will. Ich muss aufpassen, es gibt da Viren und ›falsche Fuffziger‹. Profile, die Namen klauen und Konten leer räumen. Und es gibt Zecken, die Daten sammeln und einen dann anscheißen. Wenn ich also in so eine Gruppe gehe, sollte das eine geschlossene sein, damit niemand mitlesen kann, was ich so schreibe. Marion macht mich internetfit.

Online bin ich ab jetzt also Kerstin. Bei Facebook, als junge Patriotin aus dem Osten, mit ordentlich viel Hass auf Fremde und viel Liebe für unser schönes Deutschland! Jeden Abend nehme ich mir ein bisschen Zeit und erschaffe einen Lebenslauf, von dem ich meine, dass er auf Rechte glaubhaft und sympathisch wirkt. Mein neues Hobby ist spannend! Da sind immer die Fragen: Was würde Kerstin tun? Wie kann sie sich äußern? Wie schreibt sie? Was denkt sie? Wann ist sie online und wie gibt sie sich? Was kommentiert sie? Und mit wem redet sie über was?

Kapitel 7

2. November 2016

Morgen ist ein freier Tag, schwärme ich auf Facebook. Verlängertes Wochenende. Hurra. Endlich Zeit, mich mit diesem Facebook zu beschäftigten. Ich habe ein neues Handy. Meine Schwester Marion erklärt mir die Facebook-App, schreibe ich, und dazu trinken wir Kirschlikör und spielen ein paar Runden Rommee mit Ronny. Mich könnte das Spielen amüsieren. Ich mag Kerstin ein bisschen. Dazu stelle ich ein Bild von einer Flasche Kirschlikör online und ein paar Spielkarten. Wir haben einen schönen Abend.

3. November 2016

Ich trainiere mich darin, Kerstin zu sein, indem ich ein paar patriotische Seiten anklicke, und einige Freundschaftsanfragen stelle. Momentan ist es noch leicht, es gibt keine Risiken. Mir gefallen Videos mit Katzenbabys und Deutschrock. Ich verteile viele Likes. Ich mag auch Musik von Paul Kalkbrenner. Mein zweiter Post ist das Teilen eines Videos vom Profil eines neuen Facebook-Freundes. Ich habe alle seine Fotos geliked. Er wohnt weit entfernt und hat viele Freundschaften. Auch mich hat er ohne Nachfrage angenommen. Ich habe bei einer Gruppe, in der es um Rezepte aus der deutschen Küche geht, um Aufnahme gefragt. Selbstverständlich deutsches Essen für eine deutsche Kerstin.

10. November 2016

Fast jeden Abend bin ich auf Facebook. Mit einem neuen ›Freund‹ schreibe ich private Nachrichten. Wir flirten ein bisschen. Ist aber nichts

Ernstes. Er hat eine Freundin und ich habe einen Freund. Trotzdem wird unser Chat ein bisschen schlüpfrig. Marion sagt, ich soll nicht jeden Beitrag liken. Ratschläge meiner cleveren Schwester kommentiere ich in meinem Profil mit ganz vielen Tränenlachsmileys. In der Gruppe habe ich alle Rezepte gepostet, die ich so kenne. Das gefällt den Schlemmer-Patrioten. Ich habe auch schon was nachgekocht: Gehacktesstippe. Das Foto vom Essen habe ich online gestellt. Ich abonniere die regionalen Tageszeitungen per Klick. Meine Timeline füllt sich. »Das mit den Ausländern hier wird immer schlimmer«, kommentiere ich unter die Artikel der Regionalzeitungen. Dafür bekomme ich Likes. Schon wieder wurde eine Frau vergewaltigt, von einer Horde ausländischer Männer. ›Goldstücke‹ nennt Ronny die, kommentiert er in meinem Profil. Unterdessen verschicke ich weitere Freundschaftsanfragen. Marion hat Angst um mich, wenn ich Spätschicht habe. Ronny oder sie holen mich von der Arbeit ab und bringen mich nach Hause. Ich habe ja kein Auto. Das ist richtig lieb von den beiden. Auf Arbeit reden wir auch über die Flüchtlingskrise und es gibt manchmal Streit. Marion hat mich in weitere Gruppen eingeladen und Ronny auch. Karsten, einer meiner neuen Facebook-Freundschaften, will mich auch hinzufügen, wo er

Admin ist. Manches schreibe ich in mein Profil. Andere Ideen zu meinem Image notiere ich auf Klebezettel und hefte sie an meinen Monitor.

13. November 2016

Ich bin jetzt in drei Gruppen: Einmal die Kochgruppe, dann *Klartext über Deutschland* und *Deutschland diskutiert*. In den letzten beiden geht es richtig ab und es wird viel gepostet. Das ist richtig cool. Ich kriege auch viel aus anderen Städten mit, da sind ja Leute von überall. Bei denen gibt es auch die Probleme wie hier: Vergewaltigende Männerhorden, die Frauen haben Angst. Dagegen gibt es Demos gegen die Asyl-Flut und kriminelle Ausländer. Niemand muss mir erzählen, dass das einfach so vorbei geht. Nicht von allein.

Bevor ich zur Arbeit gehe, gucke ich manchmal Frühstücksfernsehen. Die Themen sind die gleichen wie in den Gruppen. Nur die Sprache ist eine andere. In den Gruppen wird viel mehr gehetzt, im TV ist die Wortwahl subtiler. Ich schimpfe jetzt fast täglich wie eine hörige, völlig enthemmte Frühstücksfernsehen-Zuschauerin auf Kerstins Profil. Und fühle mich schmutzig. Ich brauche wochenweise Pausen vom Hass. Das kann ich mir nicht jeden Abend antun. Kerstin arbeitet darum jetzt in Schichten. Meinen Facebook-

Freunden teile ich das als Posting mit, auch weil sich meine Onlinezeiten reduzieren werden.

14. November 2016

Hier soll ein neues Ausländerwohnheim gebaut werden. Jemand hat mich in die dagegen mobilisierende Facebook-Gruppe eingeladen. Die organisieren da eine Demo mit. Ich bin unheimlich stolz auf die Einladung. Die machen was. Ich soll mal vorbei kommen. Sind auch schöne Männer da, wird mir erklärt. Das tröstet mich über Karsten hinweg. Der hat mich zu sich eingeladen und ich musste leider absagen. Wir könnten auch ein bisschen ficken, er sei total heiß auf mich. Ich habe ihm wieder und wieder gesagt, dass ich einen Freund habe. Jetzt kann ich ihm nichts mehr schreiben. Er hat mich blockiert.

Ich werde morgen die Mitgliedschaft in der *Nein zum Heim* - Gruppe beantragen. Dort scheint echt viel los zu sein und es kommen immer mehr Mitglieder dazu; 80 Accounts sind schon drin. Über die Info-Seite lasse ich mir die Admins anzeigen und verschicke gezielt Freundschaftsanfragen.

16. November 2016

Die erste Demo gegen das Heim ist am 12. Dezember und dann immer montags. So lange, bis das Heim wegkommt. Das Gelände ist schon gesichert. Ronny wollte da eine Schweinepfote vergraben, schreibe ich in die Gruppe. Hahahahaha. Ronny kam aber nicht aufs Gelände. Diese Story gefällt vielen. Alle aus der Gruppe, die nicht offenkundig in meiner Nähe wohnen, erhalten eine Freundschaftsanfrage. Die meisten nehmen sie prompt an. Marion schlägt in der Gruppe vor, Flyer zu machen. Sie weiß, wie das geht. Das hat sie für die Firma auch gemacht. Ronny ist Fahrer und sie Disponentin in einer Speditionsfirma. Wir müssen ja Werbung machen, stimme ich zu. Das wird richtig gut. In der Gruppe werden es mehr und mehr. Es werden Artikel, Kommentare und rassistische Bilder verlinkt.

20. November 2016

Ich lobe auf meinem Profil ein paar Naziseiten und lade meine neuen Facebook-Freundschaften in alle Gruppen ein. Ich bin jetzt beliebt. Um mehr Werbung zu machen, muss ich in mehr Gruppen. Und ich brauche Artikel. Das ganze Ausmaß an Hass muss meinen Fans erklärt werden. In der hiesigen Berufsschule geht gerade was ab. Ich kommentiere das. Ich schlage vor, die Gruppe zu öffnen, damit mehr Menschen sie finden. Die Gruppe wird öffentlich. 120 Accounts sind jetzt drin und es wird viel diskutiert. Wir müssen gucken, dass sich da alle zusammenreißen, damit nichts gelöscht werden kann. Die Zecken lesen mit, warne ich.

22. November 2016

Mittlerweile bin ich in sechs Gruppen, drei davon sind groß, mit mehr als 20.000 Accounts. *Die Patrioten* heißt eine, eine andere *Die Runde*. Da finde ich viel Hetze, die ich in andere Gruppen verteilen kann; anschließend wird dort massig kommentiert. Ich versende Freundschaftsanfragen gezielt an Gruppen-Admins und kommentiere deren Beiträge übertrieben freundlich. Es gibt wenige Menschen, die alles richtig machen, aber diese Admins gehören für Kerstin dazu. Auch Marion ist richtig fleißig und Ronny hängt sich auch rein. Ich habe mir weitere Accounts angelegt, die sich mit mir unterhalten. Wir sind ein tolles Team, aber auf Dauer werde ich das so nicht schaffen. Marion und Ronny sind ein Traumpaar. Zu dritt rocken wir das Internet. Auf deutsch. Es bleibt kaum noch Zeit für anderes.

Immerhin auch keine Zeit, um mich über den Verrückten zu ärgern. Wir schreiben uns ab und zu im Chat. Es eskaliert schnell. Vielleicht sehen wir uns irgendwann wieder, aber eher nicht. Ich habe eine Liste gemacht, was er bitte organisieren soll, um auf die Beine zu kommen.

31. November 2016

In fast jedem Post erkläre ich als Kerstin, dass die AfD die Lösung meiner Probleme ist. Ich teile auf Kerstins Profil und in unterschiedlichen Facebook-Gruppen die Beiträge von AfD-Politikern, rufe zur Wahl der AfD auf und fordere die Unterstützung der Partei. Bei meinen sporadischen Datenanalysen stelle ich fest, dass die *Nein zum Heim*-Gruppe am schnellsten wächst. In der Gruppe *AfD-Fans* bin ich jetzt Moderatorin. Die haben da jemanden gesucht, daraufhin habe ich mich gemeldet und wurde ernannt. Wenn das so einfach ist, mache ich gern weiter!

In den kleinen Gruppen gibt es nicht viel zu tun, in den Großen ist es schlimmer: Da kommen Trolle rein, randalieren und müssen rausgeschmissen werden. Hakenkreuze und so 'n Nazischeiß werden gelöscht. Nicht weil es menschenverachtender Mist ist, sondern weil es aufgrund seiner strafrechtlichen Relevanz gemeldet werden könnte. Das stellt ein Risiko für die Struktur dar. Als Moderatorin bekomme ich erklärt, worauf bei Trollen zu achten ist: Die Profile sind frisch angelegt und meist mit wenig Aufwand zusammengeklickt, kaum Bilder und Personendaten. Das ist alles, worauf ich zu achten habe. Kriege ich hin.

In meiner neuen Aufgabe bin ich sehr engagiert und prüfe genau: Manchmal lasse ich die Trolle auch diskutieren, aber es bringt halt nichts. Die sehen einfach das Problem nicht! Spätestens, wenn ihre Töchter und Frauen tot im Gebüsch liegen, werden sie das merken. Sowas schreibe ich dann, bevor ich die Beiträge lösche. Die ›Goldstücke‹ fragen nämlich nicht, ob jemand Gutmensch ist, bevor sie vergewaltigen.

Mein Profil füllt sich mit rassistischem Dreck. Marion kommentiert fleißig mit. Manchmal hole ich Ronny dazu und wir hetzen zu Laugenbrezeln und Kirschlikör.

Ich frage, ob jemand einen Anwalt kennt, hab' da mal was Wichtiges zu klären. Die Tipps sprudeln, die Frage ist nur Fassade. Wer einen Anwalt braucht, ist immer wichtig.

3. Dezember 2016

Noch ein paar Tage bis zu unserer ersten Demo *Nein zum Heim*. Die Zeckentrolle machen auch mobil. Eine junge Frau wurde nachts von einer Horde ausländischer Männer vergewaltigt. In meiner Stadt! Ronny, Marion und ich denken über eine Bürgerwehr nach. Die Einladung in die gleichnamige Gruppe folgt prompt. Natürlich bekommen die Admins Freundschaftsanfragen. Alle nehmen sie an. In der *Bürgerwehr*-Gruppe steht, dass die Polizei wieder durch die Gegend fährt und Frauen auffordert, nach 18 Uhr nicht mehr alleine das Haus zu verlassen. Niemand prüft diese Information oder widerlegt sie. Ich wohne hier und höre keine Durchsagen. Aber Kerstin hat gerade Spätschicht. Ronny wird mich abholen müssen, bitte ich auf meinem Profil. Er sagt sofort zu. Unsere *Nein zum Heim*-Gruppe wächst beachtlich. Fast 500 Leute haben wir jetzt schon drin. Ich muss kaum was löschen. Marion hilft wieder mit. Wir hetzen als Trio. Ich lade als Kerstin, Marion und Ronny alle meine jeweiligen Facebook-Freundschaften in die Gruppen ein, in denen Kerstin, Marion und Ronny Mitglied sind. Ungefragt. In der Stadt brauchen wir mehr Werbung für unser Anliegen, fordere ich als Kerstin auf meinem Profil.

5. Dezember 2016

Heute hat mich ein Norbert angeschrieben: Er will mich zu seinen Gruppen hinzufügen. Das hilft bei der Werbung für die Demo. Super netter Typ und er sieht gut aus! Er postet ganz viel AfD-Werbung. Sein offenes Profil zeigt seine fast 5000 Facebook-Freunde. Finde ich gut, dass der sich das traut. Ich bin begeistert! Ein dicker Fisch! Beim Profilscan über Graph Search sehe ich, dass er in 120 Facebook-Gruppen ist und in 31 davon sogar Admin! Bingo!!

Ich scanne die Mitgliedslisten weiterer Gruppen und schleime die Admins an. Die frage ich ganz belanglosen Kram: wie ich die Herzen blau kriege, zum Beispiel.

Dafür wird es in der *Nein zum Heim*-Gruppe umso lustiger. Immer wieder kommen da Trolle rein. Lustig, aber nutzlos. Wir werden keine neuen Profile mehr aufnehmen und die Gruppe wird wieder geschlossen. Dann kann niemand mehr lesen, was drin steht, außer die Nazis – und ich. Die anderen Gruppen sind auch fast alle geschlossen, manche sogar geheim.

7. Dezember 2016

Noch ein paar Tage bis zur Demo. Ich bin sehr aufgeregt. Die ganze Organisation steht. Jeden Abend werden Flyer verteilt. Ich mache das nur virtuell. Es wird ein offenes Mikrofon geben, damit jeder reden kann. Ich freue mich wahnsinnig und schreibe es in die Gruppe! Dort tauchen mehr und mehr Horrormeldungen auf. Die junge Frau, die vergewaltigt wurde, soll tot sein. Das Dementi der Polizeidirektion ist irrelevant. Horror bringt uns mehr Zulauf. Die Demo wird wegen dem toten Mädchen richtig groß! (Wunderbar, dann fällt mein Wegbleiben nicht auf, denn ich werde an diesem Tag beim Gegenprotest sein!) Die Stimmung ist angespannt. Wir Deutschen werden Kerzen mitbringen und für das tote Mädchen eine Schweigeminute abhalten. Das sind die Opfer, über die niemand spricht!

Um die Zahl unserer Patrioten festzustellen, sollen wir Erbsen mitbringen und zum Zählen in eine Schale werfen. Ich weine ein bisschen vor Lachen und schreibe in die Gruppe, dass ich nie vergessen werde, wie die Kanacken mich damals bedrängt haben! Ich bin so froh, dass damals nichts Schlimmeres passiert ist!

Die Gruppe muss wissen, dass ich eine dramatische Vergangenheit habe.

Wenn Marion oder Ronny mich nicht von der Spätschicht abholen können, habe ich Pfefferspray in der Hand und meinen Schlüsselbund in der Faust.

An der Stelle, wo das Mädchen vergewaltigt wurde, sind heute Blumen niedergelegt worden. Ich mache ein Foto vom Tatort und poste das in mein Profil. Marion und ich haben geweint. Ronny sagt, er macht da was, zusammen mit ein paar anderen. Was er machen will, wollte er nicht sagen. Aber es ist bestimmt was Krasses.

15. Dezember 2016

Unsere Demo war der Oberhammer! Fast 1.000 Leute. Die Scheißzecken haben uns nicht losgehen lassen, aber das war auch gut so. Günter hat geredet und ich war mit Ronny und Marion hinten am Zaun. Ich habe mich nicht getraut, jemanden anzusprechen – ich bin halt schüchtern! Die ganzen Zecken drum herum haben Theater gemacht. Die waren stinksauer. Die Presse war auch da. Haben Günter interviewt. Der hat eine super Rede gehalten. Zum Ende haben wir die Nationalhymne gesungen. Ich hatte eine Gänsehaut am ganzen Körper! Das machen wir jetzt jeden Montag, bis die olle Merkel weg ist.

Ich spare bei solchen Postings nicht mit Ausrufezeichen und trete mit Smileys im Rudel an. Meistens lachen sie Tränen. Das machen alle so.

Die Erbsenzählung hat wohl nicht funktioniert, jemand hat die Schüssel umgeworfen. So ein Pech!

20. Dezember 2016

Bei den Montagsdemonstrationen kann ich nicht immer dabei sein, ich habe ja Schichtdienst. Außerdem geht es meinem Vater mal besser und mal schlechter. Die Organisation läuft trotzdem super, dafür bedanke ich mich. Es gibt jeden Montag ein offenes Mikrofon. Ich frage, ob ich da auch mal reden könnte, füge aber sofort hinzu, dass ich viel zu schüchtern bin. Ich like in den AfD-Gruppen jeden Admin-Beitrag und lobe die Moderation in den höchsten Tönen. Das kommt gut an. Trotzdem muss unser Kontakt jetzt persönlicher werden.

Außerdem muss ich aus der lokalen Gruppe raus, dort wird es mir jetzt zu heiß.

Noch dringender als die hiesige Naziszene interessiert mich das Netzwerk aus Facebook-Gruppen mit Bezug zur AfD. Auf der Suche nach Social Bots ist mir da eine Verbindung zwischen einigen Fake-Accounts mit regelmäßigen Posting-

Aktivitäten aufgefallen. Diese Fake-Accounts administrieren gemeinsam eine Vielzahl von AfD-Fan-Gruppen. Norbert, mein neuer Facebook-Freund, ist einer dieser Fakes.

Kapitel 8

13. Januar 2017

Neugierig geworden, schreibe ich Susanne an. Susanne ist neben Annika, Norbert, Maik, Maria, Thomas und Bill eine der Administratorinnen in diesen Gruppen. Um Muster in den Posting-Aktivitäten zu erkennen, scanne ich den Mitgliederbestand und notiere die Identifikationsnummern der Admin-Profile. Zur Kontaktaufnahme gebe ich vor, dass mir jemand erzählt hätte, dass Frauke Petry auch in einer Gruppe Mitglied ist. Ich bin ein echtes Petry-Fangirl! Ob Susanne zu ihr Kontakt vermitteln kann? Susanne antwortet schnell, ausgesprochen höflich und erklärt, dass sie da leider, leider nichts vermitteln kann. Aber ich könne Frauke Petry eine Freundschaftsanfrage schicken. Sie schickt mir dazu Petrys offizielles Profil. Natürlich frage ich sofort um Freundschaft an und werde angenommen! Für meine Darstellung als rassistisches, deutschlandverknalltes AfD-

Fangirl brauche ich viele Kontakte mit anderen AfD-Kadern und AfD-Fans.

Ich bedanke mich bei Susanne, als hätte sie mir eine Niere gespendet! Sicher ist sicher. Susanne soll mich gern haben!

20. Januar 2017

Susanne ist scheinbar angetan. Sie wünscht mir heute einen Guten Morgen, stellt fest, dass ich auch mit anderen Admins befreundet bin und möchte mich gerne in weitere Gruppen einladen. Ich freue mich sehr und erkläre, dass ich bereits Moderatorin in einigen Gruppen bin. Nichts Großes, wir tauschen Rezepte. Diskutieren über dies und das.

Susanne mag mich: »Hast du Zeit und Lust bei uns in den Gruppen mit zu machen, als Moderatorin? Also nur kurz die Beiträge prüfen, und dann freigeben, dass andere macht Annika also die neuen Mitglieder überprüfen wenn du Lust hast, wäre das Super ? ? «

Ich kann mein Glück kaum fassen und tanze eine kleine Runde durchs Wohnzimmer! (Ein kleines bisschen schäme ich mich für meine Durchtriebenheit.) Aber bevor ich Susanne antworte, muss ich erstmal Wäsche aufhängen. Ich muss Zeit schinden, darf nicht so aufgeregt wirken. Nach ein paar Minuten sage ich zu. Es wird viel Arbeit auf mich zukommen, aber für unsere gemeinsame Sache mache ich das gern. Ackern für Deutschland! Bin dabei! (Ja, klar, gern moderiere ich ein paar von euren Scheißnazigruppen, das ist schließlich mein Plan!) Aber Kerstin klingt freundlicher: »Oh. Ich war kurz nicht online. Ja. Ich mache gern Moderatorin. Da muss ich Mitglieder zu lassen und Beiträge frei schalten. Ja? Welche Gruppe wäre das ??? Ich habe eine kleine Rezepte-Gruppe und mache hier so eine Seite mit. «

Fehler im Satzbau, Grammatik und Rechtschreibung gehören zur Darbietung. Ich arbeite alle mir bekannten Klischees einer jungen, deutschen Patriotin ab. Ich performe deutsch. Die Inszenierung funktioniert. Darauf kommt es an.

25. Januar 2017

Susanne scheint einen geregelten Tagesablauf zu haben. Morgens um 9 schreibt sie mir, dass sie mich in den drei Hauptgruppen zur Moderatorin ernennen wird. Wenn ich dann mal Zeit und Lust habe, kann ich dort vorbeischauen, Beiträge kurz prüfen und freigeben.

»Gern. Mache ich.«

Ich bekomme meine Aufgabe und ein paar Funktionen erklärt und auch, was mich nichts angeht. Das schaffe ich mit links. Auch der Umgang mit Hasskommentaren in den Gruppen ist Thema. Hass-Postings gegen die AfD und Hitler-Bilder soll ich sofort löschen, die Accounts entfernen und dauerhaft für die Gruppenmitgliedschaft sperren. Dann bekomme ich Links zu den drei Gruppen geschickt und kann mein Glück kaum fassen. Läuft bei Kerstin! Ich bedanke mich für das Vertrauen und Susanne bedankt sich bei mir für mein Engagement.

Morgen werde ich die anderen Admins anschreiben und mich vorstellen. Nichts wird dem Zufall überlassen. Freut euch bitte, ihr überaus höflichen Nazis, eure neue Teamkameradin ist im Olymp angekommen!

27. Januar 2017

Mit Annika habe ich bisher den meisten Kontakt. Ich frage sie lauter Stuss und bin dabei besonders höflich. Zaghaft wie ein Schmetterling bitte ich um ein bisschen Aufmerksamkeit. Ich frage nicht direkt, sondern bitte sie darum, sie etwas fragen zu dürfen. Dafür bekomme ich meine Antworten.

Es gibt da so Gerüchte, dass irgendwelche Gruppen von der Antifa wären. Damit sind die 31 AfD-Gruppen gemeint. Irgendjemandem sind die also auch aufgefallen. Damit muss ich jetzt umgehen, darauf reagieren. Wenn ich das Problem zuerst erkenne und Lösungen anbiete, schafft das Vertrauen. Ich reagiere verwirrt. Annika erklärt mir, dass diese »dreckige antifa« alles zerstören will, weil »die AfD immer stärker wird«.

Da ist vielleicht was dran.

Ich bin noch nicht ganz überzeugt und hake nach: »Aber die Seiten sind von der AfD oder? Ich will da keinen Ärger kriegen. von aktiven und passiven Mitgliedern.«

»Frauke Petry ist ebenfalls mit ihrem privaten Profil in einigen der Gruppen von wem sollte es ärger geben? Wir unterstützen die AfD wo es nur geht, um diese verarsche endlich zu beenden Europa sollte Europa bleiben ... «

Kerstin und Annika sind sich schnell einig: Nichts geht über die AfD! Unser blaues Herz schlägt für Deutschland! Da ich jetzt auch weiß, wie ich blaue Herzen in den Chat schreiben kann, lasse ich meine im Rudel pochen. Annika schenkt mir dafür ihres.

In mein Kaper-Handbuch notiere ich: Was weiß Frauke Petry?

»Okay. Dir vertraue ich. Du hast den Einblick. Wir können uns mal auf 1 Kaffe treffen.«, schreibe ich Annika und weiß, dass es dazu nie kommen wird. Annika ist ein Fake. Wie ich. Wir trinken keinen Kaffee miteinander. Aber das Angebot schafft Vertrauen, das ist die Absicht.

»Ja gern. ich habe grosse sorge um das Land und um das was in 5 oder 10 Jahren hier passieren soll ... Ich bin kein Nazi aber ich bin gegen diese Massen und nicht kontrollierte Einwanderung. Es kommen nur Männer. Hier kannst du nachmittags gar nicht mehr in die stadt«

Ich will auch kein Nazi sein und schreibe trotzdem, was sie lesen will und bestätige, dass es bei uns auch so ist. Annika redet sich in Rage: »Die AfD ist die CDU von 2000. Das was die AfD vertritt sind zivilisierte Forderungen nicht mehr nicht weniger. im Osten ist es auch schon so schlimm?«

Meine Antwort verschiebe ich auf morgen. Kerstin muss jetzt schlafen gehen.

Außerdem ist Freitag, ich muss die Gruppen scannen. Meine Routine wird professioneller. Mit Browser-Addons mache ich Screenshots der Gruppeninformationsseiten, um die Mitgliederentwicklung nachzuvollziehen und die dauerhaften Admin-Tätigkeiten zu belegen. Ich liste und ordne Datenmassen, um nachweisen zu können, wie dieses Netzwerk aufgestellt ist, wie schnell es wächst und was es verursacht. Langsam bin ich davon überzeugt, dass es sich dabei um ein großes Ding handelt.

28. Januar 2017

Meine Begeisterung für unsere Sache schreibe ich Annika im Chat:

»Die AfD gibt es hier auch. hier sind die auch richtig gut und erfolgreich. Ist auch notwendig. Ich muss da noch mal hin. Ich glaube zum Wahlkampf brauchen die alle Hilfe.«

Derweil suche ich in den Gruppen das Profil von Frauke Petry. Das könnte wichtig sein. Ich habe noch keine Hinweise darüber, ob die Gruppen offiziell zur Partei gehören oder privates Engagement sind. Die Struktur der Gruppen ist echt clever und das Wachstum ist beeindruckend. In jeder Facebook-Gruppe werden die für Administration und Moderation verantwortlichen Accounts angezeigt. In diesen 31 Gruppen mit AfD-Bezug sind ausschließlich jene sieben Accounts Admins, die ich für gefälscht halte. Jeweils einer dieser Accounts hat die Gruppe gegründet und die anderen sechs Accounts mit Admin-Funktion ausgestattet. Sieben Fake-Accounts anzulegen, damit die Facebook-Gruppen zu gründen, um Menschen in die Vernetzung zu locken und sie dann Tag für Tag mit immer neuer, rassistischer Propaganda zu beschallen, ist verheerend manipulativ. Aus 40.000 Mitgliedern in allen 31 Gruppen werden nach wenigen Wochen 140.000 Mitglieder. So geht Wahlkampf also auch. Zentrales Thema in den Gruppen ist die Innere Sicherheit. Ich moderiere das. Eure Sicherheit will ich platzen lassen. Ich frage mich, warum Linke sich nicht auf diese Art vernetzen, wo doch das Internet diese Möglichkeiten bietet.

29. Januar 2017

Zwischendurch frage ich noch ein paar andere Admins nach Kinkerlitzchen, teile Hetzartikel auf meinem Profil und in Gruppen, kommentiere bei der Tageszeitung und bei Onlineportalen. Manchmal wecke ich Ronny und Marion und wir albern rum. Ich lege noch ein Profil bei VK.com, der russischen Version von Facebook, sowie bei Xing und LinkedIn an und kommentiere unter

meinem Fake-Namen auf rechten Portalen irgendwelche Nazikacke. Mein Name muss auffindbar
sein, so schütze ich mich vor Verdächtigungen.

Ich hoffe, dass mich niemand meldet und
ich meine Identität nachweisen muss. Aber bisher
läuft alles erstaunlich glatt.

5. Februar 2017

Ich frage immer mal wieder, wie es meiner
neuen Chatfreundin geht, erzähle von unseren
Rommee-Abenden, von meinen Kaffeekränzchen
mit Marion und behaupte, dass Ronny Ahnung
von Computern hätte. Jede noch so dumme War-
nung vor Viren oder Unterwanderung der Gruppen durch Trolle teile ich allen Admins mit und
pinne sie auf meinem Profil an. Ich bin aufge-
wacht, ängstlich, engagiert und dabei. Jetzt bin ich
Teil des Widerstands!

Meine Familie schimpft mit mir, weil ich jeden Freitagabend am Rechner bin. Private Kommunikation habe ich via Facebook kaum geführt,
chatte jetzt aber stundenlang mit AfD-Admins
über Blödsinn. Sprachlich habe ich mich schon an
mein zweites Ich gewöhnt. Das Wechseln der Profile nervt, darum mache ich es selten. Langsam
muss ich aber ein bisschen frecher werden und
frage Annika nach weiteren Befugnissen. Ich

möchte ja nur meine Unterstützung anbieten. Vorher lasse ich mir bestätigen, wie gut ich meinen Job mache.

»Soll ich auch Mitglieder annehmen? Wenn ich da helfen kann mache ich das aber auch. mit prüfung.«

»ja für unser Land unsere Kinder und vorallem gegen den Islamischen Rasismuss gegenüber uns christen und europa«

»sind das auch Gruppen ? Ich bin nur in dreien Moderator. «

»nein das sagte ich ja greade so dafür machen wir die arbeit so meint ich das meint meinte*«

»achso. Ja nar klar. ich bin sehr stolz drauf . endlich was sinnvolles in Facebook machen. gerade jetzt!!! soll ich dir auch bei den mitgliedern helfen? mache ich nur wenn du es sagst. «

»Nee im Moment nicht, dankeschön. vielleicht am Wochenende... ich gebe dir bescheid«

»Ok! «

Scheiße. Okay, abwarten. Ich habe Zeit. Nur nicht zu schnell, zu viel wollen. Auf die Idee, mich einzusetzen, müssen die allein kommen. Aber ich kann ja ein bisschen nachhelfen.

Einer der Admins hat das Foto eines schwedischen Fitnessmodels im Profil. Ich schreibe das echte Model an, weise auf die Urheberrechtsverletzung hin und verlinke die Meldefunktion, um besagte Rechtsverletzung bei Facebook anzuzeigen. Keine zwölf Stunden später ist das Facebook-Profil von Maik gesperrt. Wahrscheinlich dauerhaft. Ich bin begeistert!

Meine bisherigen Aufzeichnungen zu den AfD-Facebook-Gruppen habe ich einem befreundeten Journalisten gezeigt. Er fand das spannend genug, um weiter daran zu arbeiten und eine große Tageszeitung hat Interesse an einer Veröffentlichung. Zum Nachweis der Strukturen habe ich für einen Zeitraum von 24 Stunden alle Posts der sieben Accounts protokolliert. Aus diesen Daten ist zu sehen, dass die Zeiten der Aktivität der einzelnen Accounts aufeinander abgestimmt sind. Dahinter ist ein Muster erkennbar. Es gibt zeitversetzte Aktivitäten der Accounts über den gesamten Tag verteilt. In einem bestimmten Zeitraum ist jeweils ein Account aktiv, danach ein anderer. So werden in mehreren Stunden über 50 Posts strukturiert über mehrere Accounts in verschiedene Gruppen verteilt. Der Nachschub an Diskussion in den Gruppen wird so gesichert. Jeden Tag.

Durch die Bitten des Journalisten um Stellungnahmen wird auch meine AfD-Teamkollegin Annika nervös. Sie erzählt mir davon im Chat. Ein Journalist würde Fragen stellen, wir müssen äußerst vorsichtig sein. Ich stimme zu und schimpfe über die Lügenpresse.

6. Februar 2017

Ich frage Annika nach dem Umgang mit Werbung. Soll ich sie blockieren oder lassen? Ich habe nämlich etwas blockiert und sie dankt mir herzlich. Auch Annika scheint einen strukturierten Tagesablauf mit planbaren Offlinezeiten zu haben. Meine Fragen stelle ich, sobald sie offline ist. So gewinne ich Zeit und erwecke den Anschein von Nützlichkeit. Ich bin nämlich noch wach, wenn sie schon schläft. Das macht mich wichtig. Meine Nachfragen schaffen Vertrauen, wir brauchen eine Verbindung zueinander. Wir müssen Kameradinnen werden!

7. Februar 2017

Der Artikel über das Bot-Netzwerk der AfD erscheint in einer überregionalen Tageszeitung. Das Interesse ist gewaltig. Nach Erscheinen des Artikels geht es in den Gruppen drunter und drüber. Gerüchte werden verbreitet. Auch, dass diese Gruppen ein Projekt der Antifa sein könnten. Dagegen wehren wir uns als Admins und Moderatorinnen. Erfolgreich. Widerspruch und Kritik werden samt Accounts gesperrt. Drei der restlichen sechs Fake-Accounts, werden nach Erscheinen des Artikels stillgelegt, die Privatsphäre-Einstellungen der Gruppen auf ›geheim‹ zurückgesetzt. Facebook reagiert nicht auf diese Enthüllungen, sperrt nichts und verändert nichts. In dieser Notlage biete ich meine Hilfe an. Jetzt mit Erfolg: Ich werde Moderatorin in allen 31 Gruppen. Mir wird für diese wichtige Hilfe in der Not herzlich gedankt. Meine Loyalität durch tadelloses Verhalten in dieser schweren Krise steht außer Zweifel! Ich bin jetzt eine zuverlässige und vertrauenswürdige Patriotin mit Verantwortung im Online-Wahlkampf für die AfD! Meine Unsicherheit und das Vertrauen in die Obrigkeit bestätige ich durch penetrante, sehr unterwürfig formulierte Nachfragen zum Umgang mit Beiträgen und Accounts. Immer wieder erkläre ich auf meinem Profil, wie stolz ich bin, ein Teil der patriotischen Bewegung zu sein, wie laut mein Herz für die AfD schlägt und wie sehr ich mich vor Männern aus fremden Ländern fürchte.

Ich frage meine Admin-Kollegin, wie ich noch helfen kann. Im Bedarfsfall wird sie auf mich zukommen. Das hoffe ich sehr!

Beim Aufbau meines Facebook-Freundeskreises achte ich darauf, meine Kontakte weit zu streuen. AfD-Kontakte interessieren mich, andere nicht. Kontakte aus nächster Nähe lehne ich ab. Nein, Danke. Wenn ich mich mit jemandem treffe, dann mit anderen Admins aus den AfD-Gruppen. In der Theorie. Ich sage jedem Treffen mit Teamkameradinnen zu, weil es nie dazu kommen wird. Die falschen Kollegen ahnen nicht, dass ich weiß, dass wir alle mit falschen Identitäten spielen. Wir lügen uns an, bis sich die Balken biegen. Die Frage nach einem Bild von mir beantworte ich zögerlich und verweise auf schlimme Stalking-Erfahrungen. Das geht eine Weile gut. Aber ja, ein Selfie werde ich noch machen. Später. Für mein Profil fotografiere ich alles, vom Regenbogen über der Stadt, über den Kuchen im Ofen, die Katze auf der Straße, die Suppe im Teller, dem Konzertbesuch bis hin zu den Blumen von meinem Freund. Mich nicht. Aber es besteht kein Zweifel: Ich bin ein echter Mensch, eine zuckersüße, naive Patriotin. So glaubt es mir doch!

Als es nicht mehr zu vermeiden ist, suche ich in einer Frisurengruppe ein altes Foto einer

Frau im passenden Alter, die nach meiner Vorstellung so aussieht, wie ich gerade heiße, und bitte beim Versand im Chat um Diskretion.

Über die Google-Bildersuche konnte ich die Fotos der Fake-Accounts und deren Herkunft herausfinden. Das darf mir nicht passieren.

Alles geht gut. Ich bin jetzt eine junge, hübsche Frau mit brünettem Haar, schüchternem Blick und einem Piercing in der Unterlippe, die im Sonnenschein an einem Holzzaun lehnt. Meine Geschichte funktioniert. Über Moderationsfragen hinaus wird es manchmal auch persönlich. Meinen rassistischen Hass begründe ich mit einem Gewalterlebnis als blutjunges Mädchen. Es kommen keine Nachfragen, nur Verständnis und Bedauern. Damit so etwas nie wieder jemandem passiert, brauchen wir dichte Grenzen und Merkel muss weg!

Prompt bekomme ich vertrauensvoll Indiskretionen aus dem Innenleben der AfD erklärt: Auch in der AfD erleben Frauen sexistisch-abfällige Kommentare und Missachtung. Ich bin nicht verwundert. Nicht im Geringsten. Aber das ist etwas ganz anderes als diese marodierenden Ausländerhorden. Sexismus von Deutschen ist ein Kavaliersdelikt. Damit wissen wir Frauen umzugehen. Wir beklagen uns nicht, so sind Männer eben.

Kapitel 9

10. März 2017

»Befreit die Ideenwelt vom reaktionären Korsett«, so schreibe ich ihm das und er antwortet darauf, dass er jetzt noch mal zum Späti geht und Kippen und Jägermeister kauft.

An ihm beiße ich mir die Zähne aus. Er weiß immer noch nicht, wer ich bin, aber mittlerweile ist das auch egal. Ich gebe ihm Aufgaben und er arbeitet sie ab. Wir stehen vor der Frage, wie es mit ihm weiter gehen soll. Wird er alles zerstören, weil er nicht mehr kann? Oder rappelt er sich auf und macht weiter wie bisher? Ja. Erstmal. Bis wir wissen, wie es weitergehen kann.

Seine Bekanntheit verschafft ihm Einfluss, er zerbricht aber daran. Lieber wolle er seine Plattform verkaufen, als so weiter zu machen. Das wird schwierig, denn sein Blog sichert derzeit seinen Lebensunterhalt. Er ist Influencer, das ist sein Job. Den Blog aufzugeben würde bedeuten, auf die Einnahmen daraus zu verzichten und am Ende Hartz IV. Es geht ihm auch ohne Behördendruck schon sehr schlecht. Er hört Stimmen, sie reden pausenlos auf ihn ein. Gerade weiß er einfach nicht weiter.

Wieder sitze ich neben ihm. Diesmal in der Notaufnahme eines Krankenhauses. Wieder Samstagnacht. In meinen Händen halte ich keine. Er ist übermüdet, zittert, hat Angst, sieht fertig aus und riecht nach kaltem Rauch. Ich möchte ihm helfen. Darum bin ich hier.

Die Zeit unserer Bekanntschaft war für mich kein Honigschlecken, sondern ein konfuses Auf und Ab. Wenn ich jetzt weiter denke, rutscht mir was Böses raus. Das hilft ihm nicht. Im Wartezimmer gibt es einen Fernseher, es läuft eine Rätselsendung. Wir raten mit. Manches weiß er besser, anderes ich. Ich mag den Klang seiner Stimme, immer noch, aber ich mag nicht, was er sagt. Er interessiert sich nicht für mich, das hat er immer gesagt. Er ist in jemand anderen verliebt. Daran habe ich keinen Zweifel und mich daran gewöhnt. Ich musste damit umgehen lernen und das habe ich geschafft. Er kann lieben, wen er will. Seine Liebe ist riesengroß und heftig. Das klingt romantisch. Ich halte es heute für ein Symptom.

Zwischen seiner Wirklichkeit und meiner liegt ein tiefer Graben. Ein Freund, der ihm bei seinem Blog hilft, hat für jede technische Fehlfunktion eine rationale Erklärung. Es lässt sich alles irgendwie erklären. Die Datenbank ist zu groß, so dass es zum Absturz kam. Aber für den Mann

neben mir ist jede Fehlfunktion, jede Schwierig-
keit, ein Angriff und Teil einer Verschwörung.
Eine Gruppe von Menschen will ihn fertig machen, sein Leben zerstören und seine Karriere. Davon ist er felsenfest überzeugt. Seit Jahren geht das
so. Er hat Fehler im Leben gemacht, das weiß er.
Aber das ist lange her. Das, was ihm jetzt passiert,
das hat er nicht zu verantworten und auch nicht
verdient. Da dreht eine höhere Macht am Rad, um
ihn aus der Spur zu bringen.

Ich sehe das nicht so. Ihm meine Sicht auf
Situationen und Dinge zu erklären, habe ich
schnell unterlassen. Wir finden keinen Weg zu einer gemeinsamen Wahrheit. Ich sehe es auch nicht
als meine Aufgabe, mit ihm über seine Wahrheit
zu streiten. Vielleicht ist ja auch meine Wahrnehmung verdreht und nicht seine. Wer weiß?

Darum frage ich ihn, was ihn plagt und gerade beschäftigt und er erzählt von seinen Sorgen.
Dann schlage ich eine Lösung vor und er setzt
meinen Vorschlag nach halbherzigem Widerspruch um. Das hilft im Moment. Probleme lösen
kann ich.

Ich weiß, dass er nach meinem Verständnis
viel im Leben falsch gemacht hat, aber Vorwürfe
hat er nicht verdient. Auch wenn er hier und jetzt
wieder genau der Arsch ist, als den ich ihn damals

76

kennengelernt habe. Für ihn bin ich fake, nicht ehrlich und eine Spielfigur. Das sagt er immer wieder. Er ist davon überzeugt, dass jemand mein Handeln steuert. Mich kränkt das ein bisschen, denn auf meine Autonomie bin ich stolz.

Aber er weiß auch, dass ich ihm helfen will und helfen kann. Als die Stimmen zu laut wurden, schrieb er mich an und bat um Hilfe. In solchen Momenten bin ich wichtig. Ich weiß, was diese Bitte um Hilfe für sein Ego bedeutet und wieviel Überwindung ihn das gekostet hat. Es fällt ihm sehr schwer, Notlagen zuzugeben.

In seiner Vorstellung ist er Conan, der Barbar, in schillernder Rüstung und steht auf einem Berg aus den zertrümmerten Kadavern seiner Feinde. Zu seinen Füßen liegt eine wunderschöne, fast nackte Frau in erotischer Pose. Er würdigt sie keines Blickes. Sein Blick ist unerbittlich, klar und fordernd. Er ist der Jäger, sie die Trophäe. Als er mir im Chat dieses Bild schickte, musste ich lachen. Ob Conan sich in der Gegenwartsversion den Hodensack rasieren würde? Wer weiß das schon!

Ich bin keine Beute für ihn, nur eine Spielfigur. Die Differenz von Fakt und Fiktion ist himmelschreiend: Conan steht stolz und aufrecht und blickt dem Betrachter direkt ins Gesicht. Der

Mann neben mir kauert schief grinsend auf einem gebogenen Metallgitter und scannt hektisch die Umgebung. Conan zeigt den Betrachtenden Muskelberge unter glänzendem Metall. Conan selbst ist ein Muskelberg, ein Kämpfer, ein Held, ein Meme für Männlichkeit. Der Mann neben mir ist hilflos. Ich möchte ihm helfen, für ihn da sein. Weil er gerade dringend jemanden braucht und ich ihn trotz allem gern habe.

Er wird meine Hilfsbereitschaft auch in den nächsten Monaten beanspruchen. Gut so. Ich helfe, wo ich kann. Weil ich es kann.

Neben mir sitzt jetzt kein gefeierter Influencer. Der Mann neben mir scheitert manchmal schon bei dem Versuch, überhaupt aufzustehen.

Im Chat schrieb er, dass er sich allein fühlt und verstanden werden will. Das ist ganz normal, denke ich. Aber so wie er jetzt drauf ist, wird das schwer. Das schreibe ich ihm nicht, denke es nur.

Bei allem muss ich gucken, dass ich nicht auch unter die Räder komme. Die Grenzen meiner Hilfsbereitschaft habe ich bereits abgesteckt. Aus Selbstschutz. Ich weiß, was ich leisten kann. Mehr gibt es da nicht zu holen. Mein Alltag geht vor. Er darf mich nicht überfordern. Das versucht er aber auch nicht. Mutmaßlich wird er demnächst nichts zu essen haben und auch keinen Strom. Aber ich bin keine ihn anschmachtende Jungfrau, die seine Schulden übernimmt. Ich bin eine gute Freundin, eine »1a-Freundin«, wie er schreibt.

Er hatte vor einigen Jahren eine gute Idee und eine sehr erfolgreiche Internetpräsenz daraus gebaut. Aus dem Nichts. In den letzten Monaten nahm er sie oft vom Netz. Einfach so. Weil er nicht mehr weitermachen konnte wie bisher. Die hinterlassenen Botschaften sind bittere Anklagen an die höhere Macht. Er schreibt über Verrat, Sex, Rache, Schmerzen und Blut. Und dass jemand ihm etwas heimzahlen würde, von dem er nicht weiß, was er falsch gemacht haben soll. Manchmal adressiert er auch Botschaften an seine Liebe, die tollste Frau der Welt, deren Blut er sehen will. Sie hat per Einstweiliger Verfügung ein Kontaktverbot erwirkt. Für ihn gibt es keine andere Frau. Sie ist sein Leben.

Sein Erfolg ist ihm zu Kopf gestiegen. Er hält sich besoffen für den Befehlshaber einer Armee und 13.000 Follower auf twitter für seine Streitmacht. Bestimmt kann er Shitstorms auslösen, kann Bewegung erzeugen, kann Böses entfesseln und vielleicht sogar Gutes tun. Wenn er es wenigstens an einem der nächsten Tage, nach einem Vollrausch, noch schafft, aufzustehen und seine lebensnotwendigen Dinge zu klären.

Er trinkt zu viel, kifft wie ein Schornstein, schläft zu wenig, staut Schulden an und verprellt reihenweise Sponsoren und Patreons. Er ist ein crowdfinanziertes Internet-Spektakel. Aber das Spektakel ist keine Show, sondern authentisch. Seine Fans mögen das. Nur, neben mir sitzt das pure Elend.

Ich finde seinen Ansatz zynisch, er vernichtet, neben Freundschaften und Reputation, auch bares Geld. Das Geld beschleunigt seinen Untergang. Wofür er Spenden bekommt, verstehe ich nicht. Seinen Blog habe ich vorher nie gelesen. Auch jetzt fällt mir das Lesen schwer. Was da steht, interessiert mich nicht. Als inszeniertes Spektakel wäre eine solche Show richtig gut, aber der Mensch dahinter geht dabei kaputt. Er geht an seiner Perfomance des Internet-Conan kaputt. Dieser Conan ertrinkt im Jägermeister.

Ich könnte ihm bei einigen Dingen helfen, zum Beispiel, bei seinen Schulden. Er weiß das. Nun sitzt er also hier, mit mir, und erzählt wieder von seinem ›Game‹, das er gewinnen will oder schon gewonnen hat. Es sind immer die gleichen

Figuren und Bilder, die ich auch heute noch nicht verstehe: Er ist sehr in eine Frau verliebt. Sie ist der Hauptgewinn. Ich bin nicht diese Frau, sondern ihre Erfüllungsgehilfin. In seiner Ideenwelt. Nur darum erträgt er meine Nähe. Nichts verändert sich, wir werden nur älter.

Besoffen hat er mir ihren Account genannt und wenn ich wissen will, was los ist, soll ich sie fragen. Damals habe ich es nicht gemacht, später dann doch.

In dem Moment als ich verstand, dass er eben nicht spielt, sondern das sogenannte Game für ihn Wirklichkeit ist, bekam ich Angst. Seine Annäherungen an diese Frau wirkten übergriffig. Sie ist die Projektionsfläche für alle seine tatsächlichen Sehnsüchte. Sie ist die Liebe seines Lebens. Will er sie wirklich bluten sehen? Jetzt bestreitet er es. Das sei nur Fantasie. Aber auch vor Fantasien können Menschen Angst haben. Das weiß er selbst am besten. Trotzdem unternimmt er nichts, um sie zu finden. Er lauert ihr nicht auf, wartet nicht vor ihrer Haustür, ruft sie nicht an. Er twittert nur über sie und macht sie zur Hauptrolle in seinem Game. Sie ist sicher, er hält sich an das Kontaktverbot, denn vor Knast hat er Angst.

Sind seine wirren Texte mit seinem Drogen- und Alkoholmissbrauch erklärbar? Kann sein. Einige wollen helfen und reden doch nur. Seine besten Freunde hatten über Wochen keinen Kontakt zu ihm. Seine Seite ist der letzte überzeugende Beleg seiner Existenz. Wenn die Seite läuft, muss niemand nachfragen. Nun ist sein Projekt wieder seit Wochen offline und es wird nachgefragt.

Wer ihn kennt, weiß auch, dass er Hilfe braucht. Aber wie kann Hilfe aussehen? Den besten Draht habe ich mittlerweile zu ihm. Neben mir sitzt er hier. Im Austausch mit seinen Freunden, stelle ich fest, dass sie nicht wissen, wie schlimm es um ihn steht. Es werden Phrasen gedroschen und Maßnahmen gefordert. Er müsse zum Arzt. Ja. Muss er. Aber er ist nicht krankenversichert. Zudem drücken die Schulden. Hat er nicht erst geerbt? Ja. Hat er. Das Geld ist alle. Warum wisst ihr das nicht, aber ich?

Bitte keine Vorwürfe. Das hilft ihm nicht. Zwischen all den guten Ratschlägen fremder Menschen schreibe ich ihm Listen, dass er doch bitte die Krankenversicherung klären muss und was sonst noch. Er will sich kümmern.

Im Chat hat er mir erzählt, dass er noch Kinder will. Er ist jetzt Mitte 40. Ich bin wenige Monate älter und habe bereits Enkelkinder. Über seinen Kinderwunsch habe ich heimlich gelacht.

Seine Gene weiterzugeben ist ihm wichtig. Er ist schließlich ein toller Mann. Das soll ich ihm bestätigen und mache es auch. Um ihn nicht zu verletzen, empfehle ich den sicheren Weg der Fortpflanzung: Die Befruchtung einer Tüte Muttererde mit seinem wunderbaren Ejakulat. Wasser, Luft und Sonne sollten sein Erbgut schnell sprießen lassen. Er antwortete damals mit einem »LoL« und vielen getippten Grinsegesichtern.

Ob er meinen Sarkasmus richtig verstanden hat, weiß ich nicht. Sowieso gibt es darüber nie Klarheit, in keiner Szene unserer Bekanntschaft. Aber ich frage nicht mehr nach, was er wie versteht. Das Verstehen wird durch seine Antworten auf meine Nachfragen nicht leichter. Was ich sage, wird er für sich interpretieren, so dass es zu seiner Wahrnehmung der Ereignisse passt. Seine Interpretationen sind Gesetz. Dafür kann er nichts und ich auch nicht. Und nichts, was er oder ich sagen, kann daran etwas ändern. Seine Geschichte ist schlüssig. Ja, es ist möglich, sich überregional via Internet zu vernetzen. Klar, auch Handys können geortet werden. Aber ob das alles tatsächlich so passiert und er das Ziel ist, das weiß ich eben nicht. Ihm fehlen die Beweise. Mir auch. Ob seine Angst berechtigt oder irrational ist, wissen weder er noch ich. Er kann seine Version nicht beweisen und ich nicht das Gegenteil. Ich weiß aber, dass er eine Krankenversicherung braucht und eine Lösung für seine Schulden. Jemand muss hier den Überblick behalten. Er jagt seine Dämonen und seine Gläubiger jagen ihn.

An erster Stelle steht da die Krankenversicherung, dann die Privatinsolvenz, zwischendurch der Verkauf seiner Comic-Sammlung. Er sieht alles ein und will sich kümmern. Ich hoffe, dass er es schafft.

Er hat mich angerufen und gesagt, dass er nicht mehr kann. Jetzt braucht er Hilfe, er hört Stimmen. Wenn er einkaufen geht, reden fremde Menschen über ihn. Menschen, die ihm auf der Straße begegnen, beenden seine Sätze. Er schildert mir normale Alltagssituationen und seine dazugehörigen Interpretationen. Er kam vom Einkaufen nach Hause und hat sich bewusst keinen Alkohol gekauft, weil er weiß, dass der ihm nicht gut tut. Ich jubele nicht, denn da kommt sicher noch ein Satz. Er musste dann am Späti vorbei und traf Menschen, die laut hörbar über Jägermeister reden. Kann das sein? Ja, das passiert. Natürlich.

Die Frage, ob er sich noch Jägermeister gekauft hat, brauche ich nicht zu stellen. Die Antwort kenn ich schon.

Wir stehen das zusammen durch. Sein Name wird aufgerufen. Er wirkt erschrocken. Ich bin nicht seine Mutti, auch nicht seine Betreuerin, sondern eine Freundin. In das Behandlungszimmer geht er allein. Später werde ich dann doch dazu gerufen. Die Psychiaterin hat sich geirrt: Nein, ich bin nicht seine Liebe. Ich bin nur eine Freundin. Und nein, er kann nicht ein paar Tage bei mir bleiben. Ich habe Familie und dazu gehört er nicht. Aber ich kann mir Zeit nehmen, wenn er hier in der Nähe bleibt. Hier sieht er andere Dinge und andere Menschen. Vielleicht hilft das. Ich kann ihm meine Stadt zeigen. Aber was jetzt kommt, muss er allein schaffen, wie bisher auch.

Diagnostiziert wird eine drogeninduzierte Psychose mit Halluzinationen und Paranoia. Stationär aufgenommen wird er nicht. Er müsste auf Drogen und Alkohol verzichten, mindestens sechs Monate lang, damit man sagen kann, ob noch was anderes vorliegt. Bis heute hat er seit vier Wochen nicht gekifft, auf sein Bierchen will er allerdings nicht verzichten. Über Jägermeister und LSD spricht er nicht. Das alles muss er weglassen, sagt die Ärztin, wenn er klarkommen will. Er nickt.

Und ich freue mich. In den nächsten drei Tagen sehen wir uns täglich. Er sieht seine Liebe überall, nachts, in vorbeifahrenden Autos, in Geschäften, in seinem Hotel. Überall sind Frauen, die aussehen wie sie. Kann das sein? Kann das sein, dass ihm überall Frauen begegnen, die aussehen wie sie? Darauf soll ich antworten. Ja, das kann sein. Mittelalte, mittelschlanke, mittelblonde Frauen sind auch hier häufig zu sehen. Ich meine, dass in jedem Shopping-Center mindestens zehn Frauen aussehen wie sie. Schon beim Aussprechen, weiß ich, dass ein solcher Kommentar unangebracht ist. Es ist zu früh. Er schweigt. Das könne ich nicht verstehen, sagt er. Ich entschuldige mich.

Er benutzt kein mobiles Internet, um nicht geortet werden zu können. Sie überwachen ihn über GPS und organisieren in Pads die Aktionen. Davon ist er überzeugt. Technisch möglich ist das, aber ich bin ziemlich sicher, dass niemand unentgeltlich einen solchen Aufwand betreibt, nur um ihn in den Wahnsinn zu treiben. Wir leben im Kapitalismus, gratis ist nur der Tod. Mit solchen Kommentaren dringe ich aber nicht zu ihm durch. In diesen Tagen steht die Wahrheit nicht zur Debatte.

Die Diagnose ist schon mal ein Anfang, jetzt weiß er, was zu tun ist: Abstinenz. Er verspricht es. Um die Krankenversicherung und Insolvenz will er sich kümmern. Auch um eine Therapie. Ich vertraue ihm. Er wird das schon hinkriegen. Zwischen den besoffenen Abenden gibt es auch gute Tage und an denen ist er lustig, eloquent und clever. Der packt das. Ich bringe ihn zum Bahnhof, wir umarmen uns und gehen wieder getrennte Wege.

Uns verbindet zukünftig nur das Internet.

Kapitel 10

24. März 2017

Die Tage ziehen sich. Ich reduziere meine Online-Aktivitäten auf das Notwendigste. Kerstin braucht eine Auszeit, ihrem Vater geht es schlecht.

Freitags werden immer wieder alle Gruppen gescannt, die Admins geprüft und die Mitgliederentwicklung protokolliert. Ich bin noch in vielen anderen Gruppen, schaffe es aber kaum noch, diese mit Inhalten zu bespielen. Stattdessen konzentriere ich mich auf die 31 AfD-Gruppen und versuche nachzuweisen, dass die Admins Accounts sind, die nur vorgeben als echte Menschen zu existieren und die automatisiert bespielt wer-

den, um mehr Output zu produzieren als real existierende Menschen es je könnten. Zu den Facebook-Profilen gibt es keine Hinweise auf reale
Existenzen. Die Accounts unterhalten nur miteinander soziale Kontakte. Allerdings machen das
Ronny, Marion und ich auch. Für besagte Profile
gibt es keine sonstigen Bilder, keine Telefonbucheinträge, keine LinkedIn oder Xing-Profile. Das
wird als Fake-Nachweis nicht reichen. Ich muss einen Zusammenhang finden. Unter ihren Bildern
kommentieren andere Fakes, verabreden sich zum
Kaffee, zu Kursen im Fitness-Studio und versprechen den Versand von Urlaubsbildern. Scheinbar
echte Facebook-Accounts kommentieren zwar
ebenfalls, bleiben aber unpersönlich. Die freundschaftlichen und familiären Bezüge finden ausschließlich unter den sechs verdächtigen Profilen
statt. Das sind ganz sicher keine Accounts echter
Menschen.

Meine Meldungen aufgrund des AGB-Verstoßes bleiben erfolglos. Facebook verlangt auch
nach mehreren Meldungen nicht die Identitätsprüfung. Oder diese Accounts schaffen es, auf irgendeine Art eine solche Überprüfung zu umgehen.

02. April 2017

Mittlerweile sind die drei größten AfD-Fan-Facebook-Gruppen nicht nur auf geheim umgestellt, sondern neben den Nutzern müssen jetzt auch die Beiträge von der Moderation zugelassen werden. Vorübergehend. Das lässt mir viel Raum für Nachfragen. Beiträge, die unter das Moderations-Kriterium NS-Verherrlichung fallen, sichere ich auf meinem PC und lösche sie anschließend aus der Gruppe. Hinweise zu den Accounts gebe ich an die Admins weiter. Die Weitergabe meiner Arbeitsergebnisse belegt mein Engagement. Durch meine Moderationsbefugnisse in den Gruppen sehe ich auch die Aktivitäten der anderen Admin- und Moderations-Accounts. Ich bin mit Abstand die Fleißigste. Das wird sich auszahlen, denn der Wahlkampf zur Bundestagswahl 2017 wird auch den Betreiber der Fake-Accounts und vor allem die tatsächlich engagierten AfD-Mitglieder beschäftigen. Dann kann ich einspringen und werde wichtiger als je zuvor!

Ich lobe meine Administrations- und Moderationskolleginnen im Chat für ihre Arbeit und ihr Engagement. Ich bin eine von ihnen und wir sind toll! So wird es die AfD in den Bundestag schaffen und Deutschland darf auf eine sichere Zukunft hoffen.

Wenn in meiner Stadt die AfD demonstriert, stehe ich auf der anderen Seite und sehe meine neuen „Facebook-Freunde" nur über Hamburger Gitter. Wir stehen uns unversöhnlich gegenüber, wir sind politische Gegner. Diesen Protest brauche ich als mentalen Ausgleich. Mit der halben AfD-Rednerliste ist meine Kerstin bei Facebook befreundet. Das ist aber meine Privatsache.

Nur ganz wenige Menschen wissen Bescheid, was ich im Internet gerade mache und warum. Meine Familie weiß, dass ich zu Hause oft online bin und dass ich es „Arbeit" nenne. Meine beste Freundin weiß von meinen Fakeaktivitäten und ein Freund, der mir bei der Organisation der Datenanalysen hilft. Ihn kann ich fragen, wenn ich automatisiert Screenshots vieler Seiten sichern oder alle Accounts aus einer Freundschaftenliste gesondert speichern möchte. Er kennt die besten Apps und Addons. Darüber hinaus weiß ich, dass das Reden über diese Sachen nicht nützlich ist. Jemand könnte mich verraten oder versehentlich meine Accounts oder mein Vorhaben offenlegen. Vielleicht sogar mit Absicht.

Ich fühle mich oft schmutzig, weil ich der AfD bei ihrem Online-Wahlkampf helfe. Ich verbreite rassistische und völkische Propaganda und schütze Onlinepräsenzen der Rechten. Auch gegen Trollattacken von Linken. Wenn mein Vorhaben funktioniert und ich Administratorin in den Gruppen werde und sie zerstören kann, wird mir vorgeworfen werden, so lange mitgespielt zu haben. Ich weiß das. Aber es ist notwendig, im Wahlkampf auf dieser Seite mitzuspielen, glaubhaft die junge Patriotin aus dem Osten zu schauspielern, um das Vertrauen der derzeitigen Admins zu gewinnen. Sie müssen mir vollständig vertrauen. Sie müssen mir jedes Wort glauben und jedes Wort muss glaubhaft sein. Es ist sehr anstrengend, aber ich wachse in diese Aufgabe hinein.

Meine Schriftsprache verändert sich, ich verwende Satzzeichen fahrlässiger und ich bin extrem misstrauisch. Wer oder was ist im Internet echt? Woran erkenne ich Echtheit? Woran erkenne ich einen Fake? Wie arbeitet ein Bot? Sind Bots gut oder schlecht? Warum bin ich so ein Arschloch und kann ich noch anders sein? Ist mein politischer Wille genug Legitimation, um Menschen nach Strich und Faden zu verschaukeln?

12. April 2017

In den Gruppen wird erneut das Gerücht verbreitet, Antifas würden in den Gruppen Beiträge und Daten sammeln, um dann Anzeige zu erstatten. Ich lösche solche Beiträge, schreibe die Profile an und versichere, dass in unseren Gruppen Zecken und anderes Pack keine Chance haben und nie haben werden. Wir von der Moderation gucken sehr genau, wen wir reinlassen und reagieren sofort. Doch manchmal hilft alles Zureden nichts, einige verlassen dennoch die Gruppen. Was die Gruppen nicht daran hindert, jeden Tag weiter zu wachsen.

Mich interessiert, wie die Admins und Moderatorinnen Absprachen treffen und ob es solche überhaupt gibt. Außerdem würde ich zu gern wissen, ob diese Gruppen ein offizielles Wahlkampfprojekt der AfD sind und wer dafür verantwortlich ist. Nach all der Zeit fühle ich mich so sicher, dass ich vermutlich alles fragen könnte. Niemand scheint den kleinsten Zweifel daran zu haben, dass ich Kerstin und absolut authentisch bin. Trotzdem bleibe ich vorsichtig. Wir haben noch Zeit, der Bundestag wird erst im September gewählt. Meine Chance, Administratorin der Gruppen zu werden, ist im Wahlkampf am größten. Darauf warte ich.

Bis dahin muss ich nur grobe Fehler vermeiden und mein Profil schützen. Ronny und Marion helfen mir dabei. Wir sind Familie.

14. April 2017

In der AfD gibt es Ärger auf Bundesebene. Frauke Petry meutert gegen Björn Höcke. Auch das ist ein Thema in unseren Chats. Ich befrage alle Admins zum Umgang mit Beiträgen, die sich gegen Petry oder Höcke richten. Der Zusammenhalt ist mir wichtig. Nach Frauke Petry waren zwei Fan-Gruppen benannt. Die zweite Gruppe wird ohne Rücksprache mit mir als Moderatorin durch einen Admin umbenannt. Ich beschwere mich nicht. Überhaupt werden keine Änderungen an den Gruppenstrukturen diskutiert oder abgestimmt. Politische oder technische Abstimmungen würden die Mitglieder nur verwirren, erklärt man mir. Die Entscheidungen der Admins werden nicht hinterfragt oder kommentiert. Die Gruppen samt ihren Mitgliedern werden vor vollendete Tatsachen gestellt. Facebook bremst allerdings die Willkür-Herrschaft der Administration durch die Beschränkung bestimmter Funktionen. So sind Adminrechte erst nach sieben Tagen komplett nutzbar und die Sichtbarkeit der Gruppen kann ab einer bestimmten Mitgliederanzahl nur noch eingeschränkt werden, das heißt eine Facebook-Gruppe mit mehr als 2.500 Mitgliedern kann nicht mehr vom Status geschlossen auf öffentlich gesetzt werden.

Durch die Moderationsbefugnisse kann ich die Aktivitäten-Protokolle der Gruppen einsehen. Ich sehe, welcher Account was gemacht hat und weiß auch, dass meine Handlungen für alle anderen nachvollziehbar sind. Mein Ziel muss also die komplette Übernahme der Gruppen sein, denn alles andere wäre nachvollziehbar und würde umgehend zum Verlust meiner Befugnisse führen.

Aufgefallen sind mir bestimmte Analyse-Funktionen, sogenannte ›Insight-Daten‹, die ich so aus anderen Facebook-Gruppen nicht kenne. Durch diese Funktion lassen sich, für einen bestimmten Zeitraum, interessante Daten aus den Gruppen sichern. So werden die aktivsten Accounts protokolliert, es wird darin auf die beliebtesten Beiträge verwiesen, die Sozialstruktur der Mitglieder zusammengefasst und die Zeiten der meisten Aktivität festgestellt. Mit dieser Funktion lässt sich zielgruppengerecht werben.

Ich erweitere meine Freitagabend-Routine um die Sicherung dieser Hintergrunddaten. Das Erfassen und Speichern der Gruppendaten habe ich automatisiert, so dass es nur noch wenige Klicks benötigt, um den aktuellen Stand parat zu haben. Da jetzt irgendwie alles Hand und Fuß bekommt, spreche ich ein paar Freunde an, die mir helfen können. Über das Ausmaß der Gruppen sind sie erschrocken und meine Idee, die Gruppen zu übernehmen, wird als grandios, aber aussichtlos betrachtet. Mir egal, ich mache weiter. Ich bin zuversichtlich.

In den Chats belege ich meine Liebe zu Deutschland, meine Angst vor Islamisierung und Überfremdung und mein Engagement als Moderatorin. Ich habe für alles und jeden ein offenes Ohr und plaudere über meine Schwester Marion und deren Freund Ronny. Beide können natürlich auch bei der Moderation helfen. Im Notfall. Später vielleicht. In den Gruppen poste ich alarmierende Zeitungsartikel zum Thema Flüchtlinge, warne davor, Frauen und Kinder alleine auf die Straße zu lassen und fordere Zusammenhalt. Immer in Großbuchstaben und reichlich Satzzeichen am Ende.

Die innerparteilichen Auseinandersetzungen sind in unseren Teamchats nicht so wichtig, wie die Forderungen, die Gruppen abzusichern und von Antifas frei zu halten. Es machen wieder Gerüchte die Runde. Dieses Mal heißt es, dass

Mitglieder in anderen Gruppen bereits Anzeigen bekamen. Das soll bei uns nicht passieren. Auch mir ist der Schutz unserer Gruppen sehr wichtig. Ich will ja noch Administratorin werden.

15. April 2017

Beiträge in der Gruppe müssen nicht mehr freigeschaltet werden. Auch diese Änderung in der Gruppenfunktionalität erfolgte wieder ohne Absprache, Rückfrage oder Vorabinformation. Mit Mitbestimmung haben sie es bei der AfD nicht so. Gruppennamen werden geändert und so die Auffindbarkeit erschwert. Meine freitägliche Analyse wird dadurch nicht verhindert. Ich orientiere mich bei allem an der Facebook-ID. Meine Vermutungen, dass da jemand im Hintergrund über die Verfasstheit und Ausrichtung des Netzwerks prinzipiell alleine entscheidet, erhärten sich langsam. Wer ist das wohl?

Die anderen Moderatoren und Moderatorinnen stellen die Änderungen nicht in Frage. Sie wollen keine Mitbestimmung und sind lediglich geduldige Helferinnen und Helfer eines größeren, höheren Plans. Mir gegenüber wird die Aufgabe der Moderation als Schutz des ›Lebenswerks‹ des Initiators beschrieben.

Ich sitze an meinem Rechner und muss dazu ein bisschen grinsen. Wie tragisch muss ein Leben sein, wenn das Aufbauen und Sichern von 31 Facebook-Gruppen schon ein Lebenswerk ist? Meines sind meine Kinder. Das ist das, worauf ich stolz bin. Alles andere ist Luxus. Wenn irgendetwas Virtuelles mein Lebenswerk wird, erschießt mich.

Davon schreibe ich nichts, sondern stimme sehr engagiert zu, dass der Schutz unseres schönen Deutschlands mein Anliegen ist. An Deutschland denke ich nach dem Aufstehen und vor dem Einschlafen. Jawohl. Nur daran und an nichts Anderes!

30. April 2017

Manchmal fühle ich mich schmutzig bei dem, was ich da mache. Tatsächlich helfe ich der AfD beim Bundestagswahlkampf. Ich stehe an vorderster Front beim Aufstieg der Rechten. Da hilft keine Handdesinfektionslotion. Ich schreibe, moderiere und denke wie ein Nazi. Bin ich einer? Kann das sein? Oder bin ich gegen Nazischeiße immun? Warum bin ich immun? Kann mein Ziel der Gruppenübernahme, diese aktive Wahlkampfunterstützung für die AfD wirklich rechtfertigen? Was mache ich, wenn es nicht funktioniert?

Als Fake in Nazistrukturen abzuhängen, ist schon belastend genug. Soviel Hass ist kaum zu ertragen. Nur mitzulesen, ist schon schwer. Einfache Antworten auf komplexe Fragen. Und jetzt trage ich Verantwortung für den Ausbau eines Netzwerks aus 31 AfD-Gruppen, moderiere Strafrechtstatbestände raus, um die Gruppen weiter existieren zu lassen. Das ist absurd.

Ich rede mit Rechten, plappere vor und nach, was sie hören wollen und hoffe darauf, dass sie mir vertrauen, um dann einem Unbekannten sein Lebenswerk wegnehmen zu können. Kriege ich das dauerhaft hin? Schaffe ich das, ohne durchzudrehen? Der Aufwand, die Arbeit und mein Gewissen, habe ich das im Griff?

Ich muss! Das hier ist größer und wichtiger als mein Gewissen. Wenn ich das schaffe, können wir der AfD im Bundestagswahlkampf vielleicht mehr schaden als mit jeder Demonstration. Und wenn es nicht funktioniert, erzähle ich eben niemandem davon. Allein diesen Fake dort zu platzieren, ist schon ein Kunststück. Die Gruppenübernahme ist die Belegkirsche. Wenn das klappt, kann ich umfallen und aufhören zu atmen.

Aber der Hass nimmt mich mit. Wie können Menschen so sein und wie sind so geworden? Warum sehen die nicht, was ich sehe? Was stimmt mit denen nicht? In Chats frage ich danach nicht. Das wäre zu offensichtlich.

Ich rede mit meinen Töchtern darüber. Wir raten nur rum. Vielleicht etwas in der Kindheit? Fehlendes Urvertrauen? Fehlende Bildung? Ich weiß es nicht. Nur an einzelnen Biografien kann ich vielleicht einen Punkt erkennen, an dem etwas schief läuft. Aber ließe sich daran etwas ändern? Eine Tochter meint, dass es heute nicht so einfach ist, links zu sein. Jeden Morgen wird schon im Frühstückfernsehen die Angst vor Gewalt geschürt und die mutmaßlichen Tätergruppen mitgenannt. Jeden verdammten Morgen geht es in mindestens einem Beitrag um die Flüchtlingskrise, Ausländerkriminalität oder Gewalt durch männliche Ausländer gegen Frauen und Kinder. Mir ist das vorher nie aufgefallen. Jetzt streichen wir uns jeden fremdenfeindlichen TV-Beitrag im Kalender an. Kaum ein Tag bleibt ohne Strich. Es stimmt.

Heute nicht rassistisch zu sein, ist nicht leicht. Auch in der Schule wird es nicht einfacher. Statt zu diskutieren, wird alles auswendig gelernt. Lehrer und Lehrerinnen ziehen ihre Autorität nicht aus Fachwissen, sondern dem Gehorsam der Schülerinnen und Schüler. Widerspruch ist kein Lerninhalt. Meine Töchter sind davon überzeugt, dass ich dafür verantwortlich bin, dass sie sich politisch links sehen. Weil wir ohne Sanktionen miteinander streiten können.

Wir verstehen einander, teilen den gleichen linken Grundkonsens. Das macht vieles einfacher. Aber ich weiß auch, dass Linksdenken in einer regressiven Gesellschaft oft ein Versteckspiel ist. Ja, klar, du kannst sagen, was du denkst und dich auch in unsicheren Szenarien mit anderen streiten. Du kannst mit Rechten reden und darauf hoffen, sie von deiner Weltsicht zu überzeugen. Aber der Ausnahmefall in dieser Gesellschaft bist du. Du stehst auf verlorenem Posten und musst damit klarkommen. Du siehst das Elend um dich herum und weißt, dass deine Privilegien mit Leid erkauft, gesichert und mit Gewalt geschützt werden. Und es macht dich fertig. Kommen meine Töchter dauerhaft damit klar? Sie müssen. Jetzt müssen sie es.

Mein Gewissen plagt mich auch, wenn ich an *ihn* denke. Er ist kein Linker. Die politischen Inhalte auf seinem Blog gehen mir gegen den Strich. Er hält von linker Politik nichts und erklärt das auf Nachfrage, oder auch ohne, jedem und jeder. Nach seiner Meinung macht die deutsche Linke alles falsch. Was er über Linke weiß, weiß er von Rechten, aus dem TV und vom Verfassungsschutz.

Bei einem seiner Abstürze hatte ich einen Moment die Gelegenheit, seine Seite zu übernehmen. Er hatte eine Wordpress-Installation begonnen und war darüber eingeschlafen. Beim zufälligen Ansurfen seiner Seite konnte ich durch die Neuinstallation ein Passwort vergeben und so den Zugang sichern. Das habe ich gemacht und ihm das Passwort geschickt. Ich wollte ihm nicht schaden. Seine Seite ist sein Einkommen, sein Leben. Später habe ich einen Freund gebeten, ihm bei der Einrichtung seines Servers zu helfen und Probleme mit der Datenbank zu beheben, damit seine Webseite seine Spendeneinnahmen langfristig sichert.

Ich habe auch für ihn Briefe verschickt und Zahlungen weitergeleitet, als er mich darum bat. Nicht, weil er so ein cooler Typ, so ein toller Mann oder ein großartiger Genosse ist. Aber für einen Menschen, der Hilfe braucht. Da gilt kein Gesinnungscheck. Seitdem ich ihn kenne, sehe ich, wie brutal in der Gesellschaft mit psychisch Kranken umgegangen wird. Wegsperren und bestrafen ist die erste und lauteste Forderung. Der Verfolgungseifer ist kaum zu bremsen. Verhalten in der Öffentlichkeit, das nicht verstanden wird, wird als verrückt stigmatisiert und die Handelnden gnadenlos isoliert.

Ich weiß, dass er keine Wahl hat, ob er diese Frau liebt. Er ist gerade nicht in der Lage, es nicht zu tun. Sie ist sein Leben. In vielen Monaten unseres Kennens hat sich daran nichts verändert. Er spricht mit mir und meint immer nur sie. Es dreht sich in seinem Kopf alles um sie. Als ihm das Internet abgeklemmt wird, kündigt er eine emotionale Katastrophe unfassbaren Ausmaßes an und meint sie. Sie wird leiden, wenn ihm etwas zustößt. Das ist seine unverrückbare, brutale Wahrheit. Darum bittet er mich, für ihn Internet zu besorgen, da ihm die SCHUFA kein Internet gönnt.

Ich helfe ihm nicht. Internet ist nicht lebenswichtig.

Wenn es ihm irgendwann gut geht, steht sein Blog wieder im Netz, mit all diesen und neuen Inhalten, an denen ich mehr Kritik üben möchte als Begeisterung dafür empfinde. Aber der Blog sichert seine materielle Existenz.

Wir Menschen sind unterschiedlich. So ist das eben. Und wir können jetzt nicht über seine politischen Präferenzen diskutieren, weil er sogar Stimmen aus meiner Handtasche hört. Wir streiten uns später, wenn es ihm besser geht. Bis dahin braucht er etwas Nahrungsmittel, Strom und ein Dach über dem Kopf.

Kapitel 11

23. August 2017

Mittlerweile ist der Bundestagswahlkampf auf dem Höhepunkt. Ich biete meinen Teamkameradinnen immer wieder meine Hilfe und die meiner Familie an und mache mich nützlich. Meine eifrigste Moderationskollegin Annika ist jetzt Administratorin in allen Gruppen. Das ist clever, sie kann nicht als Fake gesperrt werden, sie ist echt. Sie hat aber keine Gründungsprivilegien. Wir besprechen das Vorgehen in den Gruppen. Bei technischen Fragen bittet sie mich um Rat. Sie teilt mir ihre Abwesenheitszeiten mit, weil sie Infostände für die AfD macht. Ich gleiche diese Fehlzeiten mit Präsenz aus, dafür ist sie mir sehr dankbar.

In der Zwischenzeit habe ich zwei der restlichen drei Fake-Accounts wegen Urheberrechtsverletzungen sperren lassen. Bilderklau im Internet ist immer ein Risiko, die Quellen der Bilder sind via Bildersuche leicht zu finden. Die Rechteinhaber sind meistens nicht über diese kostenfreie

Fremdnutzung erfreut und reagieren schnell, sodass die Sperrung der Accounts meistens innerhalb von zwölf Stunden erfolgt. Aber erst wenn alle Admin-Fake-Accounts dauerhaft gelöscht sind, können die Gruppen übernommen werden. Accounts erhalten bei der Gründung einer Facebook-Gruppe Privilegien. Um aber Zeit zu gewinnen und keine Kurzschlussreaktionen auszulösen, müssen die Accounts mit Gründungsprivilegien für die jeweilige Gruppe noch geschützt werden. Der letzte Fake-Account ist der Account mit den meisten Gruppengründungen. Diese Meldung heben wir uns als letzten Akt auf.

Danach müsste – wenn alles gut läuft – Kerstin Admin werden und kurz darauf könnte die Übernahme erfolgen!

24. August 2017

Der letzte Fake heißt Thomas und hat mich angeschrieben: »OKAY. Liebe Kerstin, werde dein Angebot auch annehmen, also deine Hilfe in den gesamten gruppen. Norbert und Axel wurden ja hier gelöscht, wie du weißt. Werde dich daher, in 8 Gruppen als Administratorin hinzufügen.«

»Ich habe jetzt wieder mehr Zeit. Meinem Vati ging es sehr schlecht und viel Ärger mit dem

Krankenhaus. Jetzt wird alles besser. Wenn ich helfen kann gern.«

Thomas bedankt sich artig; ich bedanke mich meinerseits für das Vertrauen.

Mir schlägt das Herz bis zum Hals! Das läuft doch wunderbar!

Er möchte aber trotzdem meine Glaubwürdigkeit prüfen. Angeblich kommt er aus meiner Heimatstadt. Ich wundere mich, dass wir uns nicht kennen. Er spricht mich auf eine Großbaustelle an, um meine Ortskenntnis zu prüfen. Wir lachen und scherzen und tanzen um den heißen Brei. Er bestätigt, dass ich in den Foren einen tollen Job mache und verlässlich bin.

Er wohnt jetzt in Duisburg. Für ein Treffen ist es leider zu weit, auch wenn wir beide es gern wollen. Wir reden auch über Moslems, die überall sind und immer mehr werden. Ich erkläre ihm, dass mein Herz für die AfD schlägt und ich stolz auf die Erfolge der Bewegung im Osten bin. Ja, ein bisschen habe ich dazu beigetragen.

Wir reden noch ein bisschen darüber, wie das hier im Osten so ist. Vom Patriotismus als Ausdruck unseres Umgangs als Ossis mit der roten Tyrannei. Und obwohl hier kaum Moslems sind, müssen wir aktiv sein, denn das soll auch so bleiben. Wir wollen hier keine Zustände wie in westdeutschen Problemgebieten. Wir wollen keine islamistischen NoGo-Areas, ohne Zutritt für Deutsche. Darum schlägt mein Herz auf dem rechten Fleck und für die AfD.

Ich bin so überzeugend, dass Thomas noch weiter geht und verkündet: »Wenn ich gelöscht werde, dann macht Martina dich zum Admin! In allen 31 Gruppen!«

Ich danke mit drei Ausrufezeichen und kriege kaum Luft! Ich werde es schaffen! So nah dran war ich noch nie!

Ich lüge Thomas nochmal im Chat an: »Hätte ich auch so gemacht« und wünsche ihm, dass er nicht gesperrt wird.

Thomas nutzt das Bild eines US-amerikanischen Fitness-Models. Die Kontaktdaten habe ich schon rausgesucht.

Zuerst schreibe ich aber per Messenger meine Freundin an: »Du wirst nicht glauben, was gerade passiert ist. Lass uns mal treffen. Die Kaperaktion nimmt langsam Form an.« Es ist Ende August. Im September wird der Bundestag gewählt. Wir liegen verdammt gut in der Zeit.

Dann schicke ich die Mail an den schicken Bildrechteinhaber in den USA ab. Darin steht, dass ein deutscher Nazis im Wahlkampf für eine rechte Partei seine Bilder nutzt und wie er am schnellsten Facebook kontaktieren kann, um den Account sperren zu lassen.

Thomas bittet mich indes höflich darum, seine Beiträge zu liken, damit sie mehr Aufmerksamkeit bekommen und ich stimme zu. Wir müssen uns gegenseitig unterstützen. Das ist klar.

25. August 2017

Martina schreibt mich an. Sie ist verzweifelt: »Kerstin hilf mal Thomas ist gesperrt. ich mach Dich zum Admin«.

Ich mache einen Screenshot der Nachricht und sende ihn in meine linke Whatsapp-Gruppe. Niemand kann das dort so richtig glauben. Ist das jetzt echt wahr? Nach all der Zeit?

Ich helfe Martina gern und weise gleich noch auf Marion und Ronny hin. Die beiden können auch helfen. Es bleibt ja alles in der Familie. Beide sind sowieso schon Mitglied in den meisten Gruppen. Die Rechtevergabe geht doch schnell. Oder? Martina stimmt zu, bittet aber darum, etwas abzuwarten. Vielleicht kommt Thomas ja wieder. Wir müssen erst gucken, wie sich das entwickelt.

Machen wir natürlich gern. Noch habe ich auch nicht die Adminrechte.

Martina bittet mich darum, in den Gruppen die Titelbilder zu ersetzen. Weil der Account von Thomas gesperrt wurde, sind auch seine Bilder in den Gruppen weg. Wir besprechen, welche Bilder als Titelbilder geeignet sind und ich mache mich an die Arbeit. Weil ich ohnehin jede Gruppen-ID in der Analyse habe, sind das für mich nur ein paar Klicks. Martina kennt aber nicht jede Gruppe, noch weiß sie, wie diese derzeit nach einigen Namensänderungen erreichbar sind. Ich bin mir ziemlich sicher, dass Martina nicht die Verantwortung für das Gruppennetzwerk trägt. Dafür hat sie zu wenig Einblick in die Struktur und Gestaltung des Netzwerks.

Um die Gruppenbilder zu ändern, muss ich Admin werden. Martina sieht das auch so und richtet mich als Admin ein. Ihr ist es wichtig, dass mittels der Titelbilder der Verbund der Gruppen sichtbar ist. Sie bittet mich noch, meiner Schwester Marion auszurichten, dass sie ihr gerne die Freundschaft anbieten könne. Nach ein paar Warteminuten schicke ich ihr, als Marion, die gewünschte Freundschaftsanfrage. Ich staune, wie einfach das auf einmal alles geht. Martina nimmt die Freundschaftsanfrage von Marion an und spricht mir Mut zu, dass wir es auch durch diese schwierige Phase schaffen werden. Ja, wir schaffen das. Sicher.

Ich bekomme als Marion kurz die Aufgaben erklärt und Moderationsrechte erteilt, während Martina die fleißige Kerstin in den restlichen Gruppen zum Admin macht. Martina vergisst die Hälfte und kennt die Gruppen nicht. Damit Martina nicht komplett den Überblick verliert, markiere ich in meiner Analyse die übergebenen Gruppen und sende als Kerstin die fehlenden per Chat. Ich möchte gerne Admin-Rechte für alle 31 Gruppen haben und Martina möchte das auch.

Martinas Eifer, mir die Adminrechte zu übertragen, wird nur durch den Wahlkampf und ihre Ahnungslosigkeit gehemmt. Nach und nach trudeln die Admin-Rechte bei mir ein. Martina arbeitet engagiert meine Liste ab und schreibt: »Bin so froh Dich zu haben«.

Martina tut mir ein bisschen leid. Sie ist kein schlechter Mensch. Nicht immer. Sie ist engagiert, ausgesprochen höflich und sehr naiv. Aber wer rechnet auch damit, dass die Antifa mit im Boot sitzt und gerade die Admin-Rechte übertragen bekommt?

Wir bedanken uns brav bei der jeweils anderen und verabschieden uns in die Nacht. Ich scanne nochmal alle Gruppen, damit Martina nichts vergisst. Danach geht sie vermutlich ins Bett. Und ich schreibe ein paar Journalisten an, um sie für die geplante Übernahme zu erwärmen.

Nur einer von vieren reagiert.

26. August 2017

In den nächsten Tagen klären Martina und Kerstin den Umgang mit enttäuschten AfD-Mitgliedern in den Gruppen, wie mit Troll-Angriffen umzugehen ist und wie gern wir uns haben. Wir feiern unser Vertrauen zueinander und, dass wir, die zwei fleißigen Patriotinnen, uns gefunden haben.

Das Gefühl der Scham, das dabei in mir aufsteigt, ist mir mittlerweile vertraut. Trotzdem mache ich weiter.

Ich erzähle ihr, dass ich meine Schwester über alles liebe und Familie für mich das Größte ist. Marion und ich dachten zuletzt, unser Vati habe Krebs. Das war eine schwere Zeit. Der Befund hat sich aber nicht bestätigt. Papa geht es immer besser und es ist schön, wieder mit ihm Lachen zu können. Das hat gefehlt. Martina gefällt, was ich schreibe. Sie kann das alles gut verstehen. Aber wir haben jetzt etwas zu tun, keine Zeit für Plaudereien. Wir müssen die Gruppen beschützen. Ich gelobe Besserung und erzähle noch kurz, wie beeindruckt Marion von den Gruppen ist und, dass sie gern Moderatorin sein will.

Martina bittet mich darum, mit der Berechtigung von Marion als Administratorin in den restlichen Gruppen noch etwas zu warten. Facebook könnte die Häufung an solchen Aktivitäten auffallen. Ich glaube das nicht, warte aber trotzdem.

Mittlerweile bin ich zeitweise mit drei Accounts zeitgleich online und muss mich heftig konzentrieren, um bei Selbstgesprächen unter mehreren Accounts nicht aufzufliegen. Ich genieße Martinas blindes Vertrauen und werde mutig:

»Wer bestimmt eigentlich die Gruppennamen? Unser Spitzenkandidat hat noch keine Gruppe und hier ist die AfD sehr stark. Kann ich das machen und einen Fanclub ändern? Bitte, bitte! Es gibt 1 AfD Fanclub und einen AfD Fanclub Nr. 1. Eins von beidem könnte seine Fangruppe werden.«

»Aber es sind AfD Gruppen und dann könnten Leute rausgehen bei Namensänderung. Er ist nicht so bekannt. Mach erstmal in den Gruppen Posts über ihn. Ich frag lieber den Thomas erst wenn er mal anruft. Warte mal bis Montag.«

Nach Rücksprache mit Thomas bekam Martina wohl kalte Füße und bat mich, den Gruppennamen nicht zu ändern. Spannend. Thomas bestimmt also auch aus dem Hintergrund die Aufstellung und Struktur der Gruppen. Nur: Wer ist dieser Thomas? Thomas ist ein Fake-Account und der Name nicht echt. Aber Martina nutzt diesen Namen weiterhin und bleibt dabei, dass Thomas eine realexistierende Person sei, in deren Auftrag sie, ich und Marion die Gruppen bewachen.

Ich bin mittlerweile in allen 31 Gruppen Administratorin. Die Analyseprozedur absolviere ich täglich. Martina nennt mich ihre »liebe Teamkameradin«. Sie tut mir wirklich ein bisschen leid. Aber nur so lange, bis sie über ihre Begeisterung für die AfD schreibt. Ich bewundere ehrlich ihr Engagement. Aber ich verachte, wofür sie sich engagiert. Am Ende weiß ich, dass wir beide viel für unsere Sachen arbeiten. Ohne Bezahlung. Aber ich bin besser in dem, was ich mache. Für meine ideale Gesellschaft muss ich keine Menschen an geschlossenen Grenzen abweisen, gegen andere hetzen oder auf Deutschland schwören. Meine Ideen sind kreativer und meine Methoden auch.

Das zentrale Versprechen der AfD, nämlich den Schutz der Inneren Sicherheit, zerreibe ich grinsend zwischen meinen Fingerspitzen. Weil ich es kann. Vielleicht drehe ich gerade ein bisschen am Rad. Aber wer würde das in meiner Situation nicht machen? Ich bin kurz davor, einen Geniestreich zu landen!

Martina lässt mich an ihrem Leben teilhaben. Sie schreibt über ihre Sportrunde, fünf Kilometer zügiges Gehen, zeigt mir ein Bild mit ihrem Sohn und ein Bild mit einem Papagei auf ihrer Schulter. Sie trägt auch heute noch diese mädchenhafte Ponyfrisur, mit über 60. Eine zierliche, attraktive, quietschfidele, kerndeutsche Hippie-Rassistin.

Ich schreibe ihr von unseren fröhlichen Kartenspiel-Abenden und verteile wie zuvor absurde Warnungen, die mir im Chat zugetragen werden. An einem Tag hätte Facebook angeblich eine Live-Überwachung installiert. Um davon verschont zu bleiben, dürfe man keine Freundschaftsanfragen annehmen. Mich amüsiert das. Sie glaubt mir jedes Wort. Das ist wichtig. Für den Zusammenhalt, denn wir passen aufeinander auf.

Irgendwie kriege ich sogar die Fangruppe für den Spitzenkandidaten durch. Zu Thomas, dem Verantwortlichen für das Netzwerk, erfahre ich nur, dass er in Duisburg wohnt, für die AfD in

Nordrhein-Westfalen aktiv sein soll und so engagiert sei, »weil die voller Ausländer sitzen.«

Das deckt sich mit Thomas Erzählung über Duisburger Zustände und sorgt auch dafür, dass jede zarte Sympathie für Martina sofort im Keim erstickt. Martina ist genervt von den Streitereien innerhalb der Partei und beschwört den Zusammenhalt. Wir müssen für Deutschland zusammenarbeiten und an einem Strang ziehen. Wir sind uns einig. Die Machtkämpfe in der Partei müssen aufhören. Die Wähler müssen in erster Linie wissen, woran sie sind und das steht im Wahlprogramm. Der Rest nervt doch nur und interessiert niemanden. Ich lenke das Gespräch auf Petry, auch Martina ist ein großer Fan von ihr.

»Ja ich kenne sie etwas näher. Hübsch ...natürlich...und sehr intelligent. Auch das Foto was ich habe mit ihr und Pretzell auf dem Parteitag in Köln. Sie war so im Stress hat aber einen Termin dafür gemacht. Für die Gruppen eben auch. Fand ich ganz toll von beiden. Die Presse hat sie nicht aus den Augen gelassen schlimm war das.«

So richtig schlau werde ich aus diesen Antworten nicht. Sicher scheint, dass Petry von den Gruppen weiß. Aber ist sie auch verantwortlich? Und wer steckt hinter Thomas? Petry`s Mann Marcus Pretzell? Ich weiß es nicht.

Martina will wissen, warum ich nicht in der Partei aktiv bin, was mich ein bisschen ins Schwitzen bringt. Als Begründung gebe ich meine Schüchternheit und meine Angst vor Männern vor. Martina glaubt, dass die AfD gut für Frauen ist. Für mein Engagement würde ich sicher auch von der Parteigruppe in meiner Stadt geschätzt, meint sie.

Jetzt wird es brisant. Kerstin labert: »Ich habe üble Erfahrungen mit Männern gemacht und manches erinnert mich daran. Manches Verhalten von Männern, wie sie reden, was sie reden und so. Im Internet fühle ich mich sicherer. Hier kann ich arbeiten, ohne dass mich jemand blöde anmacht oder so.«

Auch Martina plaudert aus dem Nähkästchen: Sie sei im Kreisvorstand und in ein paar Ausschüssen aktiv. Aber lieber macht sie die so wichtige Hintergrundarbeit. Mit dem Gelaber dummer Männer müsse man als Frau leben. Auch sie habe schon viel Mist mit Männern erlebt.

Mich interessieren ihre Männer-Geschichten sehr. Wir haben alle eine Vergangenheit.

»Einer hat mich hier mal bedrängt. Und als ich ihn abwies, sagte der Typ: Was denn stell dich nicht so an? Ihr Frauen von der AfD macht doch alles für die Partei. Mir ist fast mein Handy entfallen. Hab ihn geblockt. Soviel zum Internet.«

Mir fällt auf, dass sie, die so engagiert Angst vor umherziehenden brutalen Männerhorden schürt, ausgerechnet ein Interneterlebnis mit einem deutschsprachigen Chatpartner als Erfahrung erzählt. Dazu sage ich aber nichts. Wahrscheinlich ist auch das gelogen.

Ich lüge auch und verspreche, mich mit Marion und Ronny über die Parteimitgliedschaft zu unterhalten. Wir werden das demnächst machen. Aber vor der Bundestagswahl wird das sicher nichts mehr. Immerhin arbeite ich in Schichten und meine freie Zeit geht für die Gruppenadministration drauf. Wir reden noch ein bisschen über die Auseinandersetzungen in der Partei und sprechen einander Mut zu. Im Wahlkampf muss man eben alles andere zurückstellen und wir werden alle Kandidaten unterstützen. Auch bei politischen Differenzen oder menschlichen Problemen. Zu jedem Thema werden wir uns schnell einig. Ich weiß, was Patrioten lesen wollen. Meine Geschichten über Patrioten im Osten liest sie besonders gern.

Ich sauge mir das alles aus den Fingern.

29. August 2017

Ich poste Bilder einer gegrillten Wurst mit einem Klecks Senf am Tellerrand.

Gestern habe ich diskret probiert, ob die Übernahme klappen würde. Einen Versuch könnte ich als Versehen erklären. Aber es funktionierte nicht. Vermutlich greift auch da eine Sieben-Tage-Sperre nach Erhalt der Adminrechte, in denen alle anderen Admins noch vor Sperrung durch neue Admins sicher sind.

Die Gruppenübernahme terminiere ich auf den 2. September 2017. Nur ein Kontaktmensch der Presse interessiert sich ernsthaft für eine Art Liveberichterstattung zur Übernahme-Aktion. Ein anderer Pressekontakt lehnte mit der Bemerkung ab, er habe gerade anderes zu tun. Ein Chefredakteur war auf privatem Wege nicht erreichbar.

Wenn ich solche Sachen ankündige, schicke ich keine Pressemitteilung an Redaktionen, sondern nutze private Kontaktmöglichkeiten. Sicherheit geht vor.

Auch auf politischem Parkett habe ich Kontakte gesucht. Ein weiterführendes Interesse konnte ich nicht wecken.

Mich plagt der Zweifel. Vielleicht habe ich die Wirkung der Aktion einfach überschätzt? Was ist, wenn das wirklich nur eine Randnotiz in der Presse bleibt und ansonsten niemanden interessiert? Kann das sein? Sind wir schon soweit? Egal, ich muss da jetzt durch. Dass es Kritik geben wird, weiß ich jetzt schon. Es ist weder nett noch fair, sich in so einen Kreis einzuschleichen und am Ende die erschlichene Macht zu missbrauchen, um fremde Arbeit zu vernichten. Selbst wenn es sich bei den Verarschten um Rechte handelt, ist ein solches Vorgehen in der Linken kein Konsens. Ja, ich habe aktiv beim Aufbau der Strukturen mitgewirkt. Und nein, es ist keineswegs sicher, dass eine solche Aktion Wirkung oder sogar Erfolg zeigt. Und ja, man hätte diese Einblicke auch anders nutzen können. Alles richtig. Aber hier entscheide ich und nach meinem Dafürhalten muss dieses Netzwerk aus virtuellen Echokammern zerstört werden. So restlos, dass keine Nutzung mehr möglich ist! Jeder einzelne Mensch mit einem Account in diesen Gruppen muss davon erfahren, dass die Gruppen Geschichte sind. Die Titelbilder müssen geändert werden, die Namen auch. Aber, weil eben auch Wahlkampf ist, muss dieses Netzwerk mit dem größtmöglichen Medienecho zerstört werden. Über die AfD darf gelacht werden!

Alle Accounts in den Gruppen müssen über diese Aktion informiert werden und das Sicherheitsversprechen der AfD wird platzen.

Auf möglichst vielen Kanälen.

30. August 2017

Ich statte Marion und Ronny mit Moderationsbefugnissen in mehreren Gruppen aus. Täglich sichere ich die Info-Seiten der Gruppen und auch die Insight-Dateien.

Mit einer Freundin überlege ich, wie so eine Übernahme von immerhin 31 Facebook-Gruppen ablaufen könnte. Es muss nachts geschehen, wenn Martina schon schläft und es muss schnell gehen. Wir brauchen einen Plan.

Wir verabreden uns für den 02. September zu einem Konzert. Für die letzten Absprachen und um die Aufregung im Griff zu haben. Nachts um 2 Uhr, insofern Martina offline ist, wollen wir loslegen.

Auf meinem Profil poste ich weiterhin Grillgut, Zeitungsartikel aus der Gegend, die in die rassistische Agenda passen, hetze über Flüchtlinge und behaupte, Angst zu haben. Mein Facebook-Freundeskreis wächst nach wie vor. Ich bin jetzt wer, ich bin Admin in 31 Facebook-Gruppen. Da trage ich Verantwortung.

Mit Martina versuche ich, die Sichtbarkeit der Gruppen zu diskutieren. Das erspart uns Arbeit bei der Übernahme. Die Gruppen müssen sichtbar werden, um die geplanten Veränderungen im Namen und Profil anzuzeigen. Leider ist bei Gruppen mit mehr als 2.500 Mitgliedern die Änderung der Privatsphäre-Einstellungen nur in die jeweils regressivere Stufe möglich. Wir können also nur kleinere Gruppen auf sichtbar zurücksetzen, die größeren Gruppen nicht. Und dann auch alles erst nach der Übernahme, denn Martina weigert sich, die Gruppen jetzt schon zu öffnen. Angst davor, im Gespräch mit ihr aufzufliegen, habe ich nicht mehr. Martina vertraut mir. Ihre Vorsicht erklärt sie so:

»Ich habe ihm versprochen auf alles zu achten und zu belassen. Die Gruppen sind sein Lebenswerk. Du bist mir eine große Hilfe hab ich ihm gesagt. Wir bedienen und prüfen und füllen die Gruppen mit Beiträgen Und löschen Hasskommentare.«

Ich bedanke mich, wünsche eine ›Gute Nacht‹ und starte die tägliche Analyse-Prozedur.

Die Gruppen haben jetzt 240.000 Mitglieder.

31. August 2017

Um Zeit bis zur ›Übernahme‹ zu schinden gehe ich meinen, nun beinahe zur Normalität gehörenden, Aufgaben nach: Beitrittsanfragen prüfen, Kommentare lesen, Beiträge löschen und dabei alles Auffällige notieren. Ich stelle fest, dass Martina von Datensicherheit, Facebook-Funktionen und PC-Nutzung keine Ahnung an. Wenn sie einen Account sucht, muss ich ihr helfen. Screenshots kann sie nicht. Die Suchfunktion in den Gruppen kennt sie nicht. Ich bin mir ganz sicher, dass sie die grandiosen Analyse-Funktionen, die in allen 31 Gruppen zur Verfügung stehen, nicht nutzt. Vermutlich hat sie diese Funktionen noch nicht einmal gefunden. Nebenbei erwähnt sie, dass sie hofft, dass die Accounts von Axel und Thomas wieder freigeschaltet werden.

Ich notiere in mein mittlerweile gut gefülltes Notizbuch, dass wir die Übernahme so sicher gestalten müssen, dass kein ehemaliger Admin-Account mehr intervenieren kann.

01. September 2017

Heute ist fast was schief gegangen! Marion kann sich nicht einloggen. Leider ist die Freundschaftenliste auf ›privat‹ gestellt, so dass ich die Sicherheitsabfrage nicht ohne weiteres beantworten kann. Vermutlich hat jemand diesen Account als Fake gemeldet. Warum funktioniert das bei Marion, aber bei den Admin-Fakes nicht? Ich erzähle Martina davon, frage sie um Rat. Sie vermutet, eine Vorsichtsmaßnahme von Facebook, weil Marion Moderatorin ist.

Das denke ich zwar nicht, schimpfe aber trotzdem mit ihr über das böse Facebook. Sie warnt mich, dass mir das auch passieren kann. Ein Foto im Profil soll helfen. Nebenbei erkläre ich, dass mir das schon passiert ist und ich meinen Ausweis hingeschickt habe. Noch mehr Glaubwürdigkeit geht kaum!

Ich schicke ihr noch ein lustiges Bild, das ich bei einem AfDler gefunden habe und lache mit ihr über diesen »dummen Antifanten«. Dreckspack. Wir moderieren ein bisschen und wünschen uns eine ›Gute Nacht‹!

02. September 2017

Wie jeden Morgen wünschen wir uns einen ›Guten Tag‹. So höflich, wie wir sind, gewinnen wir jeden Knigge-Kurs. Was uns nicht daran hindert, anschließend im Internet zu hetzen.

Martina hat heute wenig Zeit, sie ist am AfD-Stand und in irgendeinem Ausschuss. Sie macht Wahlkampf, während ich die Übernahme

plane. Trotzdem klären wir nebenbei, wen wir alles
aus der Gruppe schmeißen müssen.

Aber ja, auch ich habe immer Pfefferspray
dabei. Es macht einfach sicherer. Abends nehme
ich auch den Schlüssel in die Hand. Nachts fahre
ich nur Taxi. Oder Marion und Ronny holen mich
ab. Das stimmt zwar alles nicht, aber sie will es lesen. Ich versuche, Ronny noch als Admin durch-
zukriegen, scheitere aber. Facebook könnte davon
Wind bekommen und uns alle blockieren.

Ich freue mich auf die Zeit nach der Übernahme. Es bedeutet, meine Meinungen wieder
vertreten zu können. Durch das Schauspiel habe
ich vieles aus einer anderen Perspektive sehen
müssen. Was ich kommentiert und publiziert
habe, womit ich ernst genommen wurde, war nicht
das, was ich persönlich denke. Ich habe als Kerstin
Meinungen geäußert, denen ich in meinem Alltag
sofort vehement widersprochen hätte, aber nicht
widersprechen konnte, weil sie mir nicht begegnet
sind. Auf diesen Moment, wieder meine eigenen
Gedanken zu äußern, freue ich mich.

Bis dahin schreibe ich Dünnes:
»Richtig so. In unserer kleinen Stadt war ich
noch kurz einkaufen alles voller Moslems.«

»Eigentlich geht es hier ja aber irgendwie habe ich trotzdem und mehr geworden sind es definitiv. Über alle Schleiereulen.«

»Ja halbe Kinder schon betucht. Sobald die ihre Regel haben sollen sie Kopftücher tragen hörte ich mal vor Jahren Das muss doch keiner wissen dachte ich damals schon.«

Sie ist höflich, aber nicht nett.

Um die Details der Übernahme zu diskutieren, hatte ich mit einigen Vertrauten eine Whatsapp-Gruppe gegründet. Im Chat diskutieren wir die Aktion:

»Hey, Tag X! Am besten wir legen eine Page an, tarnen die ein bisschen im AfD-Style, um Zeit zu gewinnen. Dann mache ich eure Accounts zu Page-Admins, verbinde die Gruppen mit der Page und wir arbeiten als Page in den Gruppen. Dann bleiben im Aktivitäten-Protokoll keine Spuren einzelner Accounts. Vielleicht können wir Kerstin ja doch retten. Die Page wird in allen Gruppen Admin, damit können wir gleichzeitig in den Gruppen arbeiten. Ein paar Stunden Zeit brauchen wir trotzdem, auch die Presse muss darauf anspringen. Erst dann fetzt das ordentlich. Wir könnten die Gruppen unter uns aufteilen und die Funktionen abarbeiten, dann sind wir schneller durch. Wir müssen zuerst die anderen Admins und Mods entfernen, um die Gruppen zu sichern und dann die neuen Admins installieren und Daten sichern. Alle Gruppen werden als Browser-Tabs geöffnet, dann geht die Bearbeitung schneller, als jede URL aufzurufen. Ich habe eine Page angelegt und euch zu Admins gemacht. Theoretisch ist der Schutz vor Nachvollziehbarkeit nicht wichtig, weil die anderen Accounts mit Befugnissen sowieso rausfliegen, aber falls ein Admin-Account wieder reaktiviert wird, sollte nicht nachvollziehbar sein, wer was und wie gemacht hat.«

»Jau. Läuft. Punkt 2 Uhr fangen wir an. Pad steht, Gruppen sind gelistet und aufgeteilt. URLs einsetzen und los.«

»Das wird groß!«

Kapitel 12

3. September 2017 – Tag X

Die Presse wird am 3. September 2017 berichten, dass in der vergangenen Nacht ein Netzwerk aus 31 Facebook-Gruppen übernommen und umgestaltet wurde. Die Fake-Accounts hatten zuvor gegen unterschiedliche Facebook-Regeln verstoßen und wurden nacheinander gesperrt.

In dieser Ausnahmesituation übertrug die bisherige Administration die Adminrechte freiwillig auf einen anderen Account, zu dem es keine persönlichen Kontakte gab. Weiter heißt es, die bisherigen Admins und Moderatoren wurden in einer Nacht- und Nebelaktion ersetzt, die Gruppen bekamen neue Titel und neue Titelbilder, das Netzwerk wurde komplett umfunktioniert. In einem Video zur Übernahme erklärt der Satiriker und Reichskanzler der Partei Die PARTEI, Shahak Shapira, dass die Gruppenmitglieder zukünftig nicht mehr von Robotern, sondern ab jetzt nur noch von echten Menschen verarscht werden. Das alles passierte drei Wochen vor der Bundestagswahl.

Welchen Einfluss diese AfD-Fangruppen tatsächlich auf die Bundestagswahl nehmen konnten, ist unklar. Ob die Gruppenübernahme die Wahlergebnisse der AfD – oder wenigstens die der Partei Die PARTEI – in irgendeiner Weise beeinflusst hat, kann ich nur vermuten. Die Gefährlichkeit einer fragmentierten und ideologisch gesteuerten Onlinecommunity und die Bedeutung für ein zunehmend zersplittertes Gemeinwesen, lassen sich ebenfalls nur schwer einschätzen. Aber unser Verständnis des »Wir«-Gefühls einer Gesellschaft wird auch in sozialen Netzwerken beeinflusst und dort wird es politisch immer enger. Facebook bedrückt es nicht wirklich, auch falsche

126

Nachrichten zu verbreiten oder ob hinter Accounts echte Menschen stecken. Facebook ging erst aktiv gegen Fakes vor, als die Rechteinhaber gegenüber Facebook entsprechende Rechtsverletzungen anzeigten. Die Fake-Accounts Axel Schönhaupt, Thomas Wolf und Norbert Pillmann hatten Bilder von Fitness-Models als eigene ausgegeben. Sie waren offensichtlich Fakes. Aber erst auf die Anzeigen der Urheberrechtsverletzungen folgten die Sperrungen ihrer Accounts.

Dieses Netzwerk aus 31 Facebook-Gruppen half der AfD im Bundestagswahlkampf mit aktiver Unterstützung. Seit Anfang 2016 wurden für eine stets wachsende Zahl an Gruppenmitgliedern Propaganda-Material der AfD, Fake News und rassistische Hetzartikel einschlägiger Portale angeboten – zum Lesen und Teilen, zur Weiterverbreitung und zur ideologischen Einstimmung auf die Bundestagswahl am 24. September 2017.

Die Protokollierung und der Nachweis der Administration, der Moderation und des Mitgliederbestandes erforderte planvolles Handeln. Dabei nicht zu forsch vorzugehen, sondern den Kontakt zu suchen, eine Notlage zu verursachen und mit einem unausgesprochenen Hilfsangebot präsent zu sein, war der Schlüssel zum Erfolg.

Keine dieser Gruppen hatte bei Beginn der Beobachtung reale Menschen als Administration, sie wurden von Fake-Accounts gegründet und betreut. Jeder dieser Fake-Admins war ein Verstoß gegen die Allgemeinen Geschäftsbedingungen von Facebook und ein Risiko für die Struktur des Unternehmens. Trotzdem reichte ein vermuteter und auch mehrfach gemeldeter AGB-Verstoß nicht, um die Umsetzung der AGB durchzusetzen. Erst die Nutzung fremder Bilder oder Hetzbeiträge führten zu mindestens zeitweisen, am Ende sogar dauerhaften Account-Sperrungen.

Die administrierenden Fake-Accounts nutzten Fotos von Fitness-Models, Kampfsportlern, Schriftstellern und Bodybuildern als Profilbilder, versahen sie mit stilisierter AfD-Symbolik und gaben sich die Namen »Anja Bahl«, »Axel Schönhaupt«, »Norbert Bill«, »Maria Wagenfeld«, »Susanne Lanowski«, »Norbert Pillmann« und »Maik-Brain Stahl«. Diese sieben Fakes bestätigten einander eine scheinbar reale Existenz: Jeder Account gab einen Wohnort an, mindestens Fragmente eines Geburtsdatums und manche sogar Hinweise auf einen Beziehungsstatus. Ein Fake ging mit einem anderen Fake angeblich gemeinsam ins Fitness-Studio, es wurden sogar öffentlich

Verabredungen besprochen, an den Versand von Urlaubsfotos erinnert und gemeinsam gefeiert. Alle diese Fakes wirkten auf den ersten Blick glaubwürdig und authentisch, aber keiner dieser Accounts existierte als realer Mensch.

Alle sieben Fake-Accounts schöpften das Potenzial von maximal 5.000 Facebook-Freundschaften aus und fügten die eigenen Kontakte ungefragt den eigenen Gruppen hinzu. So erlangten diese Gruppen innerhalb eines Jahres schließlich eine Reichweite von mehr als 240.000 Facebook-Accounts. Diese AfD-Support-Gruppen deckten zudem unterschiedliche Interessen im rechten Lager ab: von AfD-Kader-Fangruppen bis zu Gruppen mit Namen wie *Gefahr Islam?*, *Der Koran*, *Heimat-Liebe*, *Mein Vaterland* oder *Islam-Kritik* wurde das breite rechtsextreme Themenfeld der Gegenwart genutzt, um Menschen mit politisch rechten Präferenzen anzusprechen und für die eigenen Zwecke zu mobilisieren.

Der Zugang zu den Fake-Profilen via Freundschaftsanfrage war leicht. Jede Freundschaftsanfrage wurde angenommen, bis das Maximum an 5.000 Kontakten ausgeschöpft war. Jedes Posting auf den Fake-Profilen war öffentlich und so auch ohne Freundschaftsstatus nachvollziehbar. Die Annahme von Freundschaftsanfragen führte zur Gruppeneinladung. Die Fakes waren unzweifelhaft für die Öffentlichkeitsarbeit eingerichtet und arbeiteten strukturiert.

Durch ihre Admin-Funktion in den Gruppen konnten die Fakes ihre eigenen Facebook-Kontakte ohne zusätzliche Hürden hinzufügen. Alle anderen Accounts mussten eine Einlasskontrolle durch die Moderation überstehen. Diese Moderation war dann irgendwann ich. Ich habe geprüft, ob diese Accounts bereits Freunde in den Gruppen hatten, wie alt die Accounts sind und ob offensichtliche Hinweise im Profil erkennbar sind, dass es sich um Fakes handeln könnte. Sehr junge, nichtssagende Accounts wurden nicht zugelassen, alle anderen in der Regel schon. Wer die Regeln kennt, kann danach spielen.

Der Zugang zu den Gruppen war für jeden einigermaßen durchdachten Fake unproblematisch, aber die Handlungsoptionen für das Anstoßen kritischer Diskurse in den Gruppen extrem begrenzt. Die Moderation entfernte alle kritischen Beiträge, AfD-Kritik oder die Benennung von Rassismus. Aber auch offene Bezüge zum Nationalsozialismus wurden gelöscht und die sich kritisch äußernden Accounts wurden sehr schnell, einschließlich aller bisherigen Beiträge, entfernt und blockiert. Allerdings nicht aus politischer Distanzierung, sondern weil solche Postings eine Gefahr für den Fortbestand der jeweiligen Gruppe darstellten: Rechtswidrige Postings hätten von anderen Mitgliedern gemeldet werden können und Facebook hätte daraufhin mit Löschung der gesamten Gruppe reagieren können. Davor wollte die Moderation die Gruppen und Mitglieder schützen.

Nach einigen Interventionen wurde der Status der Gruppen innerhalb eines Jahres von ehemals ›offen‹ auf ›geschlossen‹ und schließlich auf ›geheim‹ geändert. 30 der 31 Gruppen waren im November 2017 nur noch für Mitglieder sichtbar, eine letzte Gruppe blieb im Status ›geschlossen‹ auch öffentlich auffindbar. Der Mitgliederbestand wuchs dennoch in allen Gruppen weiter. Das AfD-Fangruppen-Netzwerk funktionierte auch im Verborgenen und konnte sogar durch den Status ›geheim‹ gegen weitere Interventionen abgesichert werden. Zumindest theoretisch.

Im Vergleich mit anderen virtuellen Netzwerken fielen die Sichtbarkeit bzw. (wenn auch erzwungene) Unsichtbarkeit und die niedrigschwelligen Zutrittsvoraussetzungen auf. Während in arbeitenden Netzwerken »klare, glaubwürdige« Facebook-Profile erwartet und vermutlich durch Inaugenscheinnahme geprüft werden, gilt es in rechten Onlinezusammenhängen, ein Profil lediglich altern zu lassen und keinen Antifa-Kram offen zu zeigen. Der Zugang zu rechten Online-Strukturen ist deutlich einfacher als irgendwo sonst. Einmal hinzugefügt, kann 24 Stunden lang 7 Tage die Woche vorselektierte Propaganda konsumiert werden. Eigener Aktivismus wird auch in rechten Strukturen häufig gefordert, aber nie erwartet oder geprüft. Es zählt die Verfügbarkeit einer möglichst großen Masse, deren leichte Ansprechbarkeit, sowie deren Mobilisierbarkeit für Online-Aktivismus. Eine gut platzierte Wutbotschaft in einer Gruppe löste eine Welle an Hate Speech weit über die Gruppe hinaus aus. Die Quelle und Urheberschaft des kollektiven Wutausbruchs war für Außenstehende kaum nachvollziehbar.

Die Mitglieder in diesen Facebook-Gruppen interessierten sich nicht dafür, ob die Gruppen-Admins ›echt‹ oder Fakes sind, ob die anderen Mitglieder echte, lebende Menschen sind oder mit welcher Motivation dieses Netzwerk arbeitet und gegründet wurde. Es war für Mitglieder auch nicht erkennbar, in welchem Zusammenhang die Gruppen miteinander standen und bei welchen Accounts die Befugnisse gebündelt werden. Deshalb brauchte es für das Verständnis als Netzwerk einen Perspektivenwechsel: Als Mitglied wirken die Teile des Netzwerks wie eine ganz normale, moderierte Facebook-Gruppe, in der Rechte und Konservative ohne Angst vor Kritik ihre Meinungen austauschen können. Erst als Verbund der Gruppen und Accounts und der bewußten, in den Bestandteilen aufeinander abgestimmten Struktur, wurde das Ausmaß erkennbar.

Die Verantwortung für dieses Spektakel konnte nicht geklärt werden. Ich vermute einen einzigen Menschen hinter diesem Netzwerk aus gefälschten Accounts und Facebook-Gruppen. Technisch wären die Ausgestaltung und der Betrieb durch eine Person umsetzbar. Voraussetzungen sind Tagesfreizeit, technisches Verständnis und besonderes Engagement. Das Resultat ist ein Verbund aus Accounts, die gemeinsam Facebook-Gruppen betreiben und mit Informationen versorgen, um andere Menschen in ihrer Onlinepräsenz an die Gruppen zu binden.

Vermutlich suchten Menschen in diesen Gruppen eine Gemeinschaft, in der sie verstanden werden und in geschützter Umgebung miteinander kommunizieren können. In den moderierten

Gruppen wurden die Mitglieder in ihren eigenen Interessen durch andere Mitglieder bestätigt, verstanden und ernst genommen. Es fanden zwar keine ernsthaften politischen Diskussionen statt, aber die Gruppenmitglieder nahmen durch Liken, Sharen und Kommentieren der Beiträge zumindest an politischen Debatten teil. Als Gruppenmitglieder bekamen Menschen selektierte Informationen zugestellt. Ihre Teilhabeoption war die Empörung. Mehr nicht. Diese Empörung konnte jederzeit erzeugt und abgerufen werden. Die Gruppenmitglieder fühlten sich in ihrem Umfeld vor Kritik sicher, denn die Moderation »schützte« die User vor Ausspähung, Kritik und Widerspruch. Haltungen konnten mit Gleichgesinnten ausgetauscht und bestätigt werden, die eigene Meinung kam als Echo mehrfach zurück und bildete einen geschlossenen, sicheren Raum.

Erst durch die dauerhafte Beobachtung der Fakes und Gruppen habe ich verstanden, dass es sich eben nicht um eine zufällige Häufung von Gruppen, sondern um ein straff organisiertes, detailliert geplantes und auf Erreichbarkeit von Massen ausgelegtes Netzwerk handelte. Vermutlich mit dem Zweck politischer Einflussnahme im bevorstehenden Bundestagswahlkampf. 30 von 31 Gruppen wurden durch jeweils einen der sieben

Fake-Accounts gegründet. Aber in allen 31 Gruppen erhielten später alle sieben Fake-Accounts die Admin-Rechte. Ich erkannte eine durchdachte Architektur eines riesigen Meinungsbildungsapparates. Jede dieser Gruppen wurde anfänglich exklusiv durch alle sieben Fakes administriert, nach Sperrung von drei der sieben Fakes wurden darüber hinaus weitere authentische Accounts mit Moderationsrechten für die Gruppen ausgestattet und unterstützten die Admins.

Kapitel 13

Herbst 2017

Um einen Diskurs über den eigenen Tellerrand hinaus anzustoßen, hatte ich damals diesen Mann hinter seinem Blog angeschrieben. Er haust auf einer anderen Insel als ich. Seine Fans sind anders als ich und anders als mein Freundeskreis. Er spricht anders, er lebt anders. Er ist, falls es das gibt, der Gegenentwurf zu mir. Ich habe eine Idee einer egalitären Struktur im Kopf, einer Gesellschaft als Plattform, auf der alle miteinander gleichberechtigt reden können. Er plädiert für Hierarchie, die sich aus Kompetenz ergibt.

Selbstverständlich hält er sich für kompetenter als mich. In allem. Auf sein Posing falle ich aber nicht herein.

Wir müssen trotzdem miteinander reden, denke ich. Jedenfalls ich mit ihm, wenn ich meinen Text da platzieren möchte. Wir reden später über viel mehr als notwendig, aber das macht es nicht besser. Und ich staune über ihn, weil er so anders ist. Die Gespräche mit ihm drehen sich darum, dass wir uns an rechten Forderungen orientieren und sie entweder gutheißen oder ablehnen. Über linke Politiken und Ideen sprechen wir nicht. Mir fehlt das sehr. Es finden im Diskurs mit ihm meine Ideen nicht mehr statt. Für mich ist da nichts zu gewinnen. Ein Gespräch mit ihm ist eine Art Eingewöhnung in die politischen Befindlichkeiten der Gegenwart. Mich nervt das kolossal. Ich fordere: Weg vom Kleinkram, weg von den Hausflurgesprächen, hin zu den linken Gegenerzählungen! Er weiß nicht, was damit gemeint ist. Wir reden über Details, das Recht auf Anonymität, über den Umgang mit Rechten, Militanz, über Feminismus, Rassismus, Sexismus und toxische Männlichkeit. In seinen Positionen finde ich nichts, was ich irgendwie als links bezeichnen würde. Ich habe da keine Lust mehr drauf. Vielleicht habe ich zu viel erwartet. Zuvor fand ich meine Argumente sehr gut, nahezu brillant, in jedem Fall überzeugend. Aber ich habe damit auch keinen Diskurs versucht. Bei ihm beiße ich auf Granit. Auf jedes Argument hat er eine Antwort, die meine Aussage delegitimiert. Während ich um Belege kreise und Begründungen für meine Thesen suche, fegt er sie mit einem Nein vom Tisch. Das war´s. Keine weitere Diskussion. Er bemüht sich nicht darum, mich zu überzeugen. Es geht um die Entwertung meines Widerspruchs. Und es funktioniert. Wenn er mich als inkompetent darstellt, muss er nichts von dem annehmen, was ich sage. Weil er den Status Quo verteidigt, muss er mir nicht zuhören. Wenn es nach ihm geht, kann alles so bleiben wie es ist. Den Rest regelt der Staat und dagegen können wir beide nichts unternehmen.

Er hat mir viel erzählt. Von den Demütigungen in seiner Kindheit, wie er die Welt sieht, welche Probleme ihn plagen und was ihn gerade alles so stört. Ich weiß, dass er sich politisch für links hält, aber wo steht er wirklich? Ein solches »links« wie er es vertritt, ist mir noch nie begegnet. Jemand, der den kanadischen Dampfplauderer Jordan B. Peterson für einen klugen Denker hält, absolut unverrückbar toxische Männlichkeit zelebriert und dazu über Kulturmarxismus und Feminismus als Verschwörungstheorien schwadroniert, Einwanderung als Bedrohung versteht, der politischen Linken Totalversagen bescheinigt, ist nach meinem Verständnis nicht links. Auch zum Thema Prostitution geraten wir aneinander. Ich skizziere seine Haltungen als linksliberal. Für ihn steht das Recht des Individuums, auf eigenen Wunsch schnurstracks ins Elend zu rennen, an erster Stelle. Für mich ist es wichtig, politische, soziale und formale Rahmenbedingungen so zu gestalten, dass Elend für niemanden eine Option ist. Er hält mich für naiv. Wir kommen politisch und menschlich nicht zueinander. Müssen wir aber auch nicht. Wie langweilig oder verstörend wäre das Leben für mich, wenn alle so wären wie ich? Wir sind doch keine Hummerkolonie.

Er hat keinen blassen Dunst, was die politische Linke leistet, welche Themen diskutiert werden, welche Aktionsformen genutzt werden. Was er über linke Theorie und Praxis weiß, weiß er von Rechten oder aus der Presse. Vermutlich. Oder er saugt es sich aus den Fingern. Er hat selbst keinen Zugang zu linken Strukturen und nimmt auch nicht an linken Diskursen teil. Auch nicht an Diskursen, die ich ihm aufdränge. Aber er will die politische Linke mit Inhalt befüllen und den Verlauf der Debatten mitbestimmen. Wer ihm widerspricht, wird geblockt. Ich kann nicht zählen, wie oft ich in der Zeit unserer Bekanntschaft durch ihn geblockt wurde. Es war oft, sehr oft.

Wenn wir über Politik reden, streiten wir. Trotzdem versuche ich, ihm zu helfen. Als Linke, im Rahmen meiner Möglichkeiten, als Mensch. Der politischen Rechten bescheinigt er einen strategisch bedeutsamen Vorteil, den die Linke nun aufholen muss. Das kann die Linke aber nur mit seiner Hilfe und unter seiner Anleitung. Ansonsten droht das sichere Scheitern.

Der deutschen Linken auf die Beine zu helfen, das wird aber vorerst nichts. Er schafft es ja kaum selbst in die Senkrechte. Für mich klingt das alles wie ein Eingeständnis, die letzten fünf bis zehn Jahre politisch verpennt zu haben und jetzt einen Sündenbock für den Aufschwung der Rechten zu suchen. Das wird nicht funktionieren.

Wir streiten uns, was jetzt zu tun ist. Wie soll er auf die Abmahnung reagieren, wie auf die Kostennote des Anwalts? Er hat Vorschläge, ich finde diese suboptimal und nenne Alternativen.

Meine Vorschläge nennt er dumm. Ich habe halt keine Ahnung. Punkt.

Ich halte ihn für jemanden, der die Seiten gewechselt hat, aber es selbst noch nicht weiß. Er wollte als Linker ein Großer werden und sucht jetzt einen Ausweg aus der Bedeutungslosigkeit. Rechts steht heute für Rebellion. Alles in Frage zu stellen, auch die eigenen Gewissheiten ist der neue Punk. Womöglich ist das Renegatentum so ein Alte-Männer-Dings und hängt mit seiner Conan-Identität zusammen. Seine Männlichkeit ist ihm sehr wichtig. In der Linken kann er damit nicht glänzen, in der Rechten ist er als Ex-Linker hochwillkommen. Für die politische Linke hat er nur Ratschläge, keine Sympathie mehr. Die Linke hat ihn verraten. Jetzt muss er eben gucken wie er klarkommt. Rechte freuen sich über seine Wandlung. Und lachen ihn aus, sobald er sich umdreht. Für die Rechte ist er nämlich zu links, weil er mit Linken befreundet ist und sie nicht auf Zuruf verkauft.

Uns verbindet außer dem Internet tatsächlich nichts mehr. Er hat auch heute noch eine beachtliche Fan-Base, aber kaum echte Freunde. Seine Freunde hat er alle verprellt. Im Gespräch erzählt er mir vom Dominanzgerangel zwischen

Männern, dem Mutterinstinkt und vom »linken Stamm«.

Ich weiß nicht, wie ich darauf reagieren soll. Antworte ich ihm ehrlich, geraten wir in einen Streit. Gehe ich nicht darauf ein, fühlt er sich bestätigt. Am Ende diskutieren wir hart in der Sache. Ich kann mich da durchsetzen, aber ich weiß nicht, was bei ihm hängen bleibt. Nützt das Diskutieren etwas? Hört er mir überhaupt zu? Glaubt er, was ich ihm sage? Oder gibt er einfach nur auf? Ich bin unsicher. Glaubt er überhaupt einer Frau irgendetwas?

Von mir ist er jedenfalls nicht beeindruckt, hat er gesagt. Ich von ihm auch nicht, würde das aber so nie offen sagen. Darum geht es ja nicht im Leben, jemanden zu beeindrucken.

Es geht um das, was bleibt.

Kapitel 14

Dezember 2017

Was tun gegen den Durchmarsch der Rechten? Diese Frage beschäftigt heute nicht nur Linke. Aber auch hier und heute sind es Linke, die sich damit intensiv auseinandersetzen.

Wir sitzen in so 'nem Kellerbunker mit billigem Bier und stickiger Luft. Heute hat das *Bündnis für eine bessere Welt* zur Diskussion eingeladen. Es geht um den Wahlerfolg der AfD bei der Bundestagswahl 2017 vor ein paar Monaten. Eine junge Frau startet eine Powerpoint-Präsentation mit einer Projektion des Plenarsaals des Bundestages auf einem Spannbettlaken. Die Politik der AfD wird skizziert, das Wahlprogramm erläutert und die Sitzverteilung im Bundestag erklärt. Das geht alles recht fix, wir sind hier unter uns. Im Grunde wissen alle Bescheid. Die Diskussion ist eröffnet.

Ein junger Mann im dunklen Kapuzenpullover mit fauchender Katze auf der Brust ergreift das Wort:

»Wir müssen was tun!«.

Das Publikum nickt. Ich nicke auch.

»Wenn das so weiter geht, wachen wir im Faschismus auf.«

Das Publikum schweigt. Manche starren ihre Fußspitzen an, andere suchen ihre antifaschistische Aktion an der Gewölbedecke. Der Punk am Ausgang trinkt weiter gelassen sein Flaschenbier. Falls er gerade nachdenkt, sieht er dabei lässig aus.

»Wir müssen mit den Menschen reden, sie davon überzeugen, dass ihre Ansichten falsch sind und die AfD nicht die Partei des kleinen Mannes ist.«

»Oder der kleinen Frau«, ruft die Powerpoint-Frau hellwach dazwischen. Manche lachen, andere rollen mit den Augen. Ich kichere leise. Bietet gleich jemand Otternasen zum Kauf an?

Der Kapuzenpullovermann lässt sich nicht beirren, er weiß Bescheid:

»Wir müssen mit den Menschen reden. Im Betrieb. Im Büro. In der Schule. Am Abendbrottisch. Wir müssen erklären, dass die AfD nur Scheinlösungen bietet und Wasserträger des Kapitals ist.«

Er redet sich in Rage. Als Monolog. Ich bin genervt.

Langsam kommt auch in der sogenannten Mitte der deutschen Bevölkerung an, dass es in Deutschland tatsächlich noch extreme Rechte gibt. Manche scheinen darüber krass erstaunt. Nazis sitzen mittlerweile in fast jedem Landtag und nun sogar im Bundestag. Was ist zu tun? Lass uns mal mit denen reden? Von »Entzauberung« bis »zur Rede stellen« ranken sich die blumigen Begriffe um diese Auseinandersetzung; auch über die wohlwollende, aber immer kritische Befassung mit rechten Inhalten und deren Vertretern werden immer lautere Debatten geführt.

In diesem Keller werde ich mutig:

»Und wenn du mit Rechten redest, was sagst du denen dann?«

»Dass Einwanderung Chancen bietet, dass Flüchtlinge keine kriminellen oder schlechten Menschen sind…«

»Aha. Bei so vielen Menschen derzeit, die das alles gerade in Frage stellen, hast du wirklich viel zu tun. Ich wünsche dir viel Erfolg! Eine politische Strategie ist das aber nicht. Ich will über politische Strategien reden und nicht über Hausflurgespräche mit Nazis.«

Auf ein Zwiegespräch habe ich keine Lust. Hier sind noch andere.

Er hat ja nicht Unrecht, sein Vorschlag interessiert mich nur nicht. Vielleicht begeistert er ja die anderen. Ich jedenfalls fühle mich einem rechten Dampfplauderer rhetorisch nicht gewachsen. Sprachlich gewandte Rechte haben für alles eine Antwort. Aber ›Counterspeech‹ ist modern. ›Mit Rechten reden‹ ist gerade wieder groß im Kommen. Alle paar Jahre wieder erfindet jemand das Rad, beziehungsweise die Kommunikation mit Rechten, neu. Immer ist es besser und sachlicher als vorher und – jaja – es muss nicht erfolgreich sein. Das verspricht niemand. Aber es *könnte*. Nach jeder dieser Wellen steht die politische

Rechte besser da als je zuvor. Denn das Reden ist Teil der Kommunikationsstrategie der Rechten. Rechte wollen und brauchen Bühnen, Podien und das möglichst höfliche, auf jeden Fall öffentliche Gespräch, um ihre Politik außerhalb der eigenen Filterblasen zu vermitteln.

Teil des antifaschistischen Widerstands gegen Rechts ist es hingegen, dass wir in einem gemütlich ausgestatteten Keller eines selbstverwalteten Gebäudes sitzen und uns offen darüber unterhalten, wie mit Rechts umzugehen ist. Teil des antifaschistischen Widerstandes ist es auch, dass hier mehr Frauen als Männer sitzen und miteinander gleichberechtigt diskutieren und einander ausreden lassen.

Im Juni 2017 wurde die Gruppe *#ichbinhier* mit dem Grimme Online Award ausgezeichnet. In der Begründung heißt es: „Hier steht der Dienst an der Gesellschaft im Vordergrund: Alle, die den Hashtag konstruktiv nutzen, setzen sich aktiv für eine bessere Diskussionskultur und gegen Hass und Hetze im Netz ein.“

Für die Jury ein auszeichnungswürdiges Engagement. *#ichbinhier* ist eine Facebook-Gruppe, die gegen Hasskommentare und Hetze im Internet vorgeht und als neuartige Strategie innerhalb der

Sozialen Medien gegründet wurde. Ziel der Gruppe ist es, das Diskussionsklima auf Facebook zu verbessern: Gruppenmitglieder identifizieren Beiträge und Kommentare, die Schmähungen, Beleidigungen und Hasskommentare beinhalten. Diese werden dann in der Gruppe geteilt und damit den anderen Gruppenmitgliedern bekanntgemacht. Dabei setzen die Mitglieder Counterspeech ein, das heißt, sie schreiben, von ihnen als sachlich und respektvoll eingestufte, Kommentare und liken Entsprechendes. Dabei wird der Hashtag *#ichbinhier* verwendet.

Laut Selbstbeschreibung zur Facebook-Gruppe *#ichbinhier* setzt die Methode ›Counterspeech‹ voraus, »dass eine sachliche Auseinandersetzung nicht nur für ein gutes Klima in den Kommentarspalten sorgt, sondern auch Voraussetzung für einen lösungsorientierten Diskurs zu aktuellen politischen und gesellschaftlichen Herausforderungen ist.« Die Organisierenden sind der Überzeugung, »dass ein solcher Diskurs unsere Demokratie stärkt.« (FB-Gruppe: *#ichbinhier*) In dieser geschlossenen Facebook-Gruppe *#ichbinhier* waren damals ungefähr 36.000 Accounts als Mitglieder gelistet. So viele, wie in der Frauke-Petry-Fangruppe. Und die war nur eine von 31.

146

Alle diese Accounts bei *#ichbinhier* erfüllen die »besten Voraussetzungen« der Gruppenmitgliedschaft, sie haben den Prinzipien der Kampagne zugestimmt und verfügen über ein »klares, glaubwürdiges Facebook-Profil«.

Ich werde mit keinem meiner Facebook-Profile in diese Gruppe aufgenommen. Die Liste der Gruppenmitglieder ist facebooköffentlich sichtbar, die Inhalte der Gruppe sind es allerdings nicht. Doch alleine durch die Sichtbarkeit der Liste dürfte die damit bisher ausführlichste Aufstellung zivilgesellschaftlichen Engagements, mit einigermaßen verlässlicher Klarnamensangabe, innerhalb Facebooks vorliegen.

Ich will kein bekannter Teil dieser Liste sein, mein Engagement braucht keinen Namen.

Menschen wie ich, die gerade im Internet und bei politischem Aktivismus so gut es eben geht anonym bleiben wollen, bekommen zur *#ichbinhier*-Gruppe keinen Zugang. Ich verfüge nicht über ein klares Facebook-Profil unter echtem Namen, mit dem ich dann an Diskussionen in der Gruppe oder an Aktionen des Netzwerks teilnehmen könnte. Mir fehlt auch die Erfolgsaussicht der Idee. Ich halte es auch nicht für notwendig, »Gesicht zu zeigen« oder Klarnamen anzugeben, noch muss ich überhaupt beim Widerspruch erkannt oder gar gesehen werden. Widerspruch ist für mich auch nicht nur eine verbal geäußerte abweichende oder konfrontative Haltung in der Diskussion, sondern kann auch Aktion oder Re-Aktion sein. Widerspruch ist mehr als die verbale Entgegnung in Gestalt eines Gesprächsbeitrags. Widerspruch bedeutet auch, einen Hetzbeitrag auszudrucken und an die Wohnungstür des Hetzers zu pinnen. Und das wirkt!

Beim Kampf gegen Hass und Hetze ist mir wichtiger, bei größtmöglicher Sicherheit die besten Ergebnisse zu erzielen, als vom Gegenüber als Gegner erkannt und identifiziert zu werden. Ich mag die direkte Aktion. Weil ich Rechten jedes Wort ihrer brutalen Forderungen glaube, möchte ich mich vor ihnen schützen. Pseudonymität bietet diesen Schutz.

Nach meiner Überzeugung ist die pseudonyme Meinungsäußerung ein elementarer Bestandteil des lösungsorientierten Diskurses in einer am sozialen Fortschritt interessierten Gesellschaft. Auch beim Plenum nutze ich einen falschen Namen in der Vorstellungsrunde. Denn jede Aufforderung zur Identifizierbarkeit der Widersprechenden ist ein Risiko.

Totalitarismus beginnt damit, Meinungen nicht mehr frei äußern zu können, weil Menschen dafür mit politisch motivierten Sanktionen oder Übergriffen rechnen müssen. Darum verzichte ich freiwillig auf die Weitergabe meiner Daten als Zugangsvoraussetzung zu Facebook-Gruppen. Wenn aber nun eine minimalinvasive Methode wie Counterspeech für die Vernetzung strengere Zugangsvoraussetzungen als Bedingung zur Teilhabe aufstellt als rechte Plattformen, sind die Rechten in ihrer Mobilisierung erfolgreicher. Klar. In rechten Zusammenhängen gelingt die Kontaktaufnahme mit den wichtigen Ansprechpartnern über das Vorzeigen der politischen Präferenzen.

Am Ende kommt es auf die Vorstellungen der Netzwerkbetreibenden an, wie ihrer Meinung nach ein Profil auszusehen hat, damit es zur eigenen Gruppe passt. Regressive Regeln bestimmen nicht die Sicherheit.

Vielleicht ist die *#ichbinhier*-Gruppe vor Trollen sicherer als die AfD-Gruppen es waren, aber die Liste der echten Mitgliedsnamen kann von jedem Nazi in der Stadt gesehen werden.

Ist es das wert?

Nun sitze ich aber hier, in diesem Keller, und versuche, eine Diskussion darüber anzustoßen, dass das Reden mit Rechten, so wie es der Kapuzenpullovermann darstellt, ohnehin alltäglich ist. Schon deshalb, weil es niemandem auf der Stirn geschrieben steht, was dahinter gedacht wird. Von meinem Fakeleben weiß hier niemand, darum fange ich vorsichtig an:

»Wenn wir zum Beispiel mal über den Hausflur-Plausch mit Nazis hinausdenken, dann müssten wir uns fragen, woher diese Ideenwelt eigentlich stammt und da angreifen, oder?«

Die Powerpoint-Frau wirkt interessiert: »Wie meinst du das?«

»Hm. Also ich habe von dieser Veranstaltung durch Facebook erfahren. Ich habe da ein Profil. Jemand hat mich eingeladen. Ohne Facebook hätte ich hiervon nichts gewusst. Dann habe ich neulich von diesem Netzwerk-Kaper-Dingsda gehört. Soziale Netzwerke erweitern den Horizont und die Reichweite. Über so Plattformen wie Facebook bilden sich Menschen heute auch Meinungen. Über soziale Netzwerke wird auch regelmäßig zu Veranstaltungen mobilisiert. Wie zum Beispiel mich hierher. Soziale Netzwerke sind wichtig.«

»Alles richtig. Aber was genau meinst du?«

»Die Funktion Facebooks als profitorientierte Vernetzungsplattform zur Schaffung von Werbeflächen, die daraus resultierende Einflussnahme auf den politischen Prozess und die ihr innewohnende Tendenz, die Nutzer und damit Gesellschaft zu fragmentieren und in gleichgesinnte Gruppen zu sortieren, um Werbung zielgerichteter zu platzieren, besorgt Spaltung statt Vernetzung. Stichwort: Plattformkapitalismus. Facebook sabotiert sich hier letztlich selbst, arbeitet gegen seinen eigenen Sinn und bietet in seiner selbst verschuldeten Demontage ein Einfallstor für die extreme Rechte in Deutschland. Wir müssen diese Monopole knacken. Eine sowieso schon fragmentierte Gesellschaft kann auch von Rechten neu zusammengesetzt werden. Das darf nicht passieren. Wir brauchen nicht nur linke Plattformen, sondern auch eine linke Gegenerzählung. Es gilt, diese Mechanismen der Meinungsbeeinflussung zu durchschauen und auf die vielfältigen Manipulationsmöglichkeiten in den Sozialen Netzwerken hinzuweisen, um einen transparenten, politisch offenen Diskurs in den Neuen Medien zu ermöglichen.«

»Ja. Alles richtig«, sagt die Powerpoint-Frau. Der Kapuzenpullovermann nickt.

»Vielleicht kannst du mal ein Konzept dazu ausarbeiten und an unsere Emailadresse schicken. Das wäre sehr nett von dir.«

Ja, das wäre nett. Ich werde es aber nicht tun. Das weiß ich.

Das Beste an dem Abend war der vorlaute Fliesenleger. Mit dem Auftreten eines Vorschlaghammers erklärte er uns sein Verhältnis zum neuen Kollegen: »Ich war echt skeptisch. Da kommt da so 'n Syrer und mein Chef, der sacht, der kann was. Hab ich mir dann zwei Wochen angeguckt und gedacht: Scheiße, ja, scheiß auf alles, der Typ kann Fliesen legen wie ein Gott. Dann habe ich ihn zum Grillen eingeladen. Sacht mir niemand was gegen Ausländer.«

Am Ende waren es die perfekt verlegten Fliesen, die ein deutsches Fliesenleger-Herz eroberten und im Sturm das Kleingartentor für den neuen syrischen Kollegen öffneten. Aus der Erzählung wurde klar, dass der Kontakt zwischen den beiden Menschen Sympathie geweckt hat. Das gemeinsame Arbeiten war die Voraussetzung für das miteinander leben. Und gemeinsames Grillen.

Mein kaputtes
Heldentum

von Katharina Körting

Marta press

Ich funktioniere so gut, dass ich vergesse, wer
ich bin. Dann falle ich aus: Ich ticke zu schnell.
Die Schnelligkeit um mich herum spiegelt sich
in meiner eigenen. Beide blenden mich. Ver-
blendet funktioniere ich. Manchmal tut es gut,
meistens tut es weh, wie bei jedem Heldentum.

Marta Press 2019, 200 Seiten
ISBN: 978-3-944442-19-8
18,00 € (D), 20,00 € (AT), 22,00 CHF UVP (CH),
26,00 US\$, 18,00 GBP, 38,00 AU\$

Unvermeidbare Beeinflussung

Juliane Beer

Auf dem Dachboden eines Neuköllner Mehrfamilienhauses treibt ein Geist sein Unwesen. Das zumindest vermuten die Bewohnerinnen, bis der Vermieter tot im Treppenhaus aufgefunden wird. Kommissarin Liz Feldmann nimmt die Ermittlungen auf…

Juliane Beer gelingt mit diesem Krimi ein Balanceakt zwischen Klischee und Realität, der humorvoll und beinahe nebenbei gesellschaftliche Schieflagen aufdeckt.

Marta Press 2016, 156 Seiten
ISBN: 978-3-944442-57-0
14,00 € (D), 15,00 € (AT), 17,00 CHF UVP (CH),
16,00 US$, 12,00 GBP, 21,00 AU$

Frau Doktor E.
liebt die Abendsonne

Juliane Beer

Frau Dr. E., Mitte 40 und Single, arbeitet kompetent und engagiert als Ärztin in Kapstadt, Berlin und Hamburg. Unruhig wird sie, als sie nach Antritt einer neuen Arbeitsstelle in der norddeutschen Provinz im *Ärzteblatt* lesen muss, dass möglicherweise eine „falsche Ärztin" in Deutschland unterwegs sei ...

Marta Press 2015, 236 Seiten
ISBN: 978-3-944442-31-0
14,90 € (D), 15,50 € (AT), 21,90 CHF UVP (CH)

Sach- und Fachbücher

- Gesellschaftskritik
- Frauen-/ Männer-/ Geschlechterforschung
- Holocaust/ Nationalsozialismus/ Emigration
- (Sub)Kulturen, Kunst & Fashion, Art Brut
- Gewalt und Traumatisierungsfolgen
- psychische Erkrankungen

sowie

… junge urbane Gegenwartsliteratur, Krimis / Thriller, Biografien

… Art Brut und Graphic Novels

www.marta-press.de